JN129780

遠野大観音物語

住職が自ら彫り上げた信念の日々

櫻井一郎
SAKURAI Ichiro

文芸社

民話のふるさと　遠野に憧れる人は多い
その民話は古くから伝えられ
本はもちろん　語り部によって受け継がれている
遠野には人に知られずにひっそりと生き続けている話もある
戦没者慰霊　日本の再建　世界の平和　を祈願しながら
日本一の大観音菩薩像を自らの手で彫り上げた住職の話である
その永い年月は　想像を絶する住職の苦難の道のりであった
住職と住民たちの間に並外れた固い絆も存在していた
感激の渦に引き込まれるのみである
年月とともに　しだいに色あせ忘れ去られる話にしてしまうのは
この話を聞き感激した者にとっては　耐えがたいものとなっている
民話と同じく　いついつまでも遠野に残しておきたいと思う

もくじ

第二章　仏像彫刻

第三章　鞘堂・観音堂建設

はじめに

民話の故郷（ふるさと）で知られる遠野町（現遠野市）は、岩手県の東部を南北に走る北上山地のほぼ中央にあり、山々に囲まれ、静かなたたずまいを見せている。町の中心部から北方約八キロメートルほどの郊外に、話の主人公が住職を務めていた真言宗法門山福泉（ふくせん）寺がある。

　福泉寺は大正元（一九一二）年に初代佐々木宥尊（ゆうそん）が苦労に苦労を重ねて開山した寺であり、大正七（一九一八）年には宥尊の徳を慕い数名の若者が入門をしている。その中に岩手県下閉伊郡小国村出身で十六歳の摺石国次郎（すりいしくにじろう）がいた。国次郎は苦行を重ねた結果、十八歳で得度し摺石宥然（すりいしゆうねん）と名を改め、尊師宥尊を助ける毎日が続いた。宥然が三十歳の昭和七（一九三二）年に恩師宥尊が遷化（せんげ）したので、摺石宥然が福泉寺の二代目住職を務めることになった。

　この物語の主人公は、福泉寺の二代目住職となった摺石宥然である。太平洋戦争中に戦没者の慰霊を目的に、断食や苦行を続けていた。終戦になると、戦没者慰霊、日本の再建そして世界平和の三題を唱え、実際に血のにじむような想像を絶する二十年の苦難の年月をかけて、自らの手で日本一の大観音菩薩像を彫り上げた実話を元にした話である。

地域の数千の住民たちは住職のために手弁当で絶大な協力を惜しまなかった。したたり落ちる汗も気にせずに労力奉仕に参加した住民たちの存在は、決して忘れ去ることのできない出来事であり、記録として永久に残しておきたい事実となっていた。

住職の強固な決意と住民たちの貢献、そこには強い絆があり、日本一の大観音菩薩像を生み出す原動力になっていた。この話は忘れ去られることもなく、いついつまでも、遠野地方に残しておきたいとの強い思いで記したものである。

第一章　巨木運搬

一　摺石宥然住職の決意

話の発端は昭和十六（一九四一）年に太平洋戦争が始まってから間もなくの十九（一九四四）年頃にたどり着く。福泉寺が話の舞台であり、この頃には四十二歳の摺石宥然が二代目住職を務めていた。

太平洋戦争が激しくなるにつれ、戦争に向かう出征兵士がしだいに多くなり、いつの間にか全国から若い男の姿が少なくなっていた。戦死する兵士もしだいに多くなり、戦争だからやむを得ないとはいっても残された家族の悲しみは目に余るようになっていた。

民話の故郷（ふるさと）遠野町でも同じことであり、戦争に向かう出征兵士がしだいに多くなり、短い人生を終わらせる学徒兵士をはじめとして若者たちが帰らぬ人となっていた。戦争だからとは言うものの残された家族の悲しみは大きかった。福泉寺には家族とともに無事生還を願う人々の姿がしだいに多くなることは時代の流れであった。

福泉寺の摺石宥然住職にとっては、地元の若き命をはじめ、国のためとは言うものの全国の若き命が失われていくことが大きな心の痛みとなっていた。特に昭和二十（一九四五）年になると、米軍の大型爆撃機による都市の無差別爆撃が、大量の市民を犠牲にすることに心を痛めていた。さらに昭和二十（一九四五）年四月七日には、絶対に沈むことがないと信じられていた日本海軍の主力、全長二百六十三メートル・七万二千八百トンの戦艦大和（やまと）が数百の航空機攻撃を受け、乗艦していた約三千人の若者たちが一瞬のうちに命を落としたことは大きな痛手になっていた。

このような状況を見るにつけ、愚かな戦争さえなければこのように多数の生命が失われることもなく、家族の悲しみもなくなるだろう。しかし、戦争の最中である、戦没者をなくすためには戦争に勝つしかないと考え、一週間の断食・行法による戦勝祈願を繰り返して続けていた。

昭和二十（一九四五）年八月十五日に無条件降伏という天皇陛下の悲痛な玉音放送を耳にした住職の驚きはただ事ではなかった。さらに戦没者の遺族が集まってきて、本堂で泣かれたのにも慰めの言葉も出なかった。住職は遺族とともに一週間もの間泣き崩れるのみであり、その間に戦没者の慰霊をしなければならないとの思いが強くなるばかりで、再び戦争による犠牲者を出すことのないような世界平和を取り戻さなければならないと決心していた。また、世の中は混乱に巻き込まれたので、日本を再建するために我々は何をすべきかを模索する日々となった。

一週間の苦悩の末にたどり着いたのが、戦没者の慰霊とともに日本の再建と世界の平和とを祈願することであり、そのためには遠野の地に大観音菩薩像を建立して平和を祈ればよいことに気がついた。大観音菩薩像を建立することは、財政や労力などの面から見ると、福泉寺住職個人ではなし得ないことは目に見えていたが、決意は前進するのみであり早速行動を起こした。

大観音菩薩像を彫刻するのに適した良材を探し求め、翌日から近隣はもとより遠方まで足を運んだが手に入らず、数年が過ぎ去ったが、決意は鈍ることもなく維持されていた。

二　巨木探し

終戦後は日本中が混乱に混乱を重ねていた時代で、住職は毎月一回一週間の断食・行法を行いながら、戦没者慰霊、日本再建、世界平和の三題を成し遂げるには大観音菩薩像、しかもできるだけ大きい大観音菩薩像を建立するのが一番良い方法であると考えていた。

住職は早速、大観音菩薩像を彫るための巨木を探し始めた。昭和二十三（一九四八）年には隣り村綾織の山間にある杉の巨木を紹介されて見に行ったら、直径二間（約三・六メートル）もあり驚いたが、天然記念物だというので諦めた。気仙地区には杉の巨木があるというので行ってみると幹の直径三間（約五・四メートル）にはさらに驚いたが、枝ばかり多くて不向きであった。このようにして県内至る所に足を運んだが良材はなかなか見つからなかった。

終戦後の混乱が続く昭和二十五（一九五〇）年のある秋晴れの日、遠野町の郊外にある福泉寺の四十八歳になる住職が、毎月一週間ずつ行っていた三十三回目の断食・

行法がちょうど終わったところに、綾織の鈴木佐右エ門さんから吉報が入った。奇しくも断食・行法三十三回の総結願（けちがん）という一番大事な尊い日に巨木の存在を紹介され、観音様の御導きであると感じた住職は飛び上がらんばかりに喜んだ。一週間の断食・行法の直後なので衰えた体力が回復するのを待ち、今回は必ず素晴らしい大木に巡り会えるという信念のもとに鈴木さん宅を訪れることにした。

住職は毎月一回、一週間の断食と行法を行っていた。日常の勤行（ごんぎょう）は朝夕一時間ずつであるが、行法に入ると三時起床、水垢離（みずごり）をとり、大聖観喜天華水供（たいせいかんぎてんげすいく）二座と十一面観音法とで七時までかかる。日中の行法は十一時に上堂して約二時間、夕方は五時から約二時間、毎日五座の秘法を行いながら一週間にわたって断食を決行することであった。この行法を毎月一回ずつ三十三回行うことは、命がけの苦行であったが、大観音菩薩建立の希望を持った住職にしてみれば、少しの苦痛もなく晴れやかに行うことができた。

断食が一週間なら体力の回復も一週間、断食が二週間ならば回復も二週間必要であった。最初は重湯から始まり、しだいに普通のご飯になるのだが、最初の重湯一杯のおいしいことは何ものにも代えられなかった。

　遠野駅の西隣の綾織駅から約四キロメートルほど山奥に入った石上神社の裏手の山には、遠くからでもすぐに見分けることができる赤松の巨木が一本、希に見る美しい姿で一直線に天に向かって立っていた。行ってみると実に見事な赤松の巨木であったので、天にも昇るほど嬉しかった。直径九尺九寸（約三メートル）、高さは三十メートル、いや、四十メートル近くはあったのではないかと思われる。村人たちは石上神社の赤松の巨木を村のシンボルとして朝な夕なに遠く

石上神社

眺めては、自分が生きていたことの喜びを噛みしめ、明日への希望をつないでいた。

鈴木さんは訪れた住職を快く迎え入れしばらく歓談の後、住職から赤松の巨木を譲ってくれないかとの申し入れを受けた。

赤松は巨木なので切ることさえ困難であるうえに、石上神社のご神木であるということで今まで切られることがなかった。それでも戦争が終わり、混乱の中にも平和な世の中に向かって歩み始めると、譲り受けたいという話も出るようになった。そのたびに鈴木さんは断ってきた。たとえば、用途が漁船の建造であれば、「戦争で多くの命を失っている。魚を捕る船の建造に使うと言っても、魚の生命を扱うことになり同じことである。この赤松は生き物を捕る仕事にはとても譲ることはできない」というのがその理由であった。

福泉寺の住職は全然異なる使用目的を持っていた。戦時中には地元をはじめ近隣の町村からも出征兵士があり、福泉寺には無事生還を祈願する多数の人々が参詣していた。それでも短い人生を終わらせる学徒兵士も多く、残された遺族を悲しませていた。この状況を見るにつけ、愚かな戦争さえなければこのように多数の生命が失われることもなく、家族の悲しみもなくなるだろう。しかし、戦争の真っ最中である。戦死傷者をなくすためには戦争に勝つしかないと考え、断食・行法により戦勝祈願を続けてきた。それが敗戦となり世の中は大きく様変わりをし、平和な日本に向かったが、実際には混乱していた。

住職は混乱の中にありながらも、犠牲となった多くの戦没者が安らかに眠ることができるように、慰霊をしなければならないと強く感じていた。戦没者慰霊とともに日本再建、世界平和という三題を祈願・実現するために、何がなんでも大きな観音菩薩像を彫って建立することが、混乱した社会の中で自分に課せられた天から授けられた使命なのだ、混乱に負けずに立ち上がらなければならないと決意を固めたのが昭和二十（一九四五）年であり、それから各地に足を運び巨木を探したが、適した巨木を入手できないでいた。

鈴木さんは石上神社の総代であり、戦没者慰霊を行うことについては自分も同じ考えである。観音菩薩像を彫るのなら赤松はお譲りしましょうと快諾した。

しかし、快諾はされたものの巨木であるので、その代金がまた大変な額であり、檀家が殆どない住職にしてみればその捻出に頭が痛い話であった。資金調達の理解を得るために東奔西走し、信者をはじめ、役場、有力者、地元住民などにも自分の計画の説明に明け暮れる日々となった。初めのうちは相手にされず罵声を浴びせかけられることも再三であったが、身内の者を兵隊として送り出した遺族からの協力をはじめ、住職の熱意に動かされた近郷近在の住民からは、協力を惜しまないという温かい声が出るところまでこぎつけることができた。

三　伐採

昭和二十六（一九五一）年秋、石上神社の宮司によりお祓いが行われ、無事故を祈念してから作業に入った。巨木故に一週間を掛けて周辺をていねいにならして足場をつくることから始まった。伐採が始まったら途中で休むわけにはいかない。幹に傷をつけないように細心の注意を払いながら、腕のよい類家（るいけ）源右エ門さんを中心にし、菊池判治さん、鈴木佐右ヱ門さんなどが協力し、何人もの樵が昼夜兼行の切り倒し作業を始めた。

類家さんは地元で一番の腕利きなので、世話役会で全員一致で推薦されていた。それでも巨木を切るのは初めてなので、道具や切る方法など慎重に準備を重ねての取り組みであった。途中で予想もしない倒れ方でもして、巨木にひびが入ったり割れたりしたら使いものにならなくなるので、一気に倒さなければならなかった。

巨木故にそれに見合う大きな鋸が存在しない。二丁の首の長い七尺（約二・一メートル）ほどの鋸を向かい合わせにつなぎ合わせ、気合いを入れて双方から挽くことになった。休憩もなしに交代で暗闇の中でも挽き続けたので、二日目の夜半になると闇夜をつんざくものすごい地響きを立てて横たわった巨大な赤松は、見る者を圧倒せずにはおかなかった。

観音菩薩像になるはずの原木部分だけでも直径九尺九寸（約三メートル）、長さは三丈四尺（約十・二メートル）と、予想を遥かに超えていた。数人がかりで数えた年輪が予想以上の千二百本以上もあり、人々をさらに大きく驚かせていた。遡ってみると平安時代にはすでに芽を出し、鎌倉、南北朝、室町、安土桃山、江戸などの各時代を経て、昭和の時代まで様々な世の動きを見つめてきた証人としての存在価値を遺憾なく見せていた。世の中を知り尽くした巨木を観音菩薩像として彫り上げ、戦没者慰霊を行うという念願に叶う赤松の巨木であった。残された切り株はしだいに朽ち果ててしまい、わずかに残っている部分に小さな祠が祀られているだけになってしまった。

赤松は観音菩薩像を彫刻するのに必要な長さ約十・二メートルに切られた。山から下ろす作業にあたった運搬の専門業

巨木の切り株に祀られた小さな祠

者たちでさえも巨大さに驚いていた。専門業者たちが苦労に苦労を重ね、一週間後にやっと山から石上神社の境内まで下ろされた。赤松は巨大なだけに石上神社から福泉寺まで運搬するとなると、運搬手段や時期などの大きな問題がいくつも待ち構えていた。

現代社会とは異なり自動車はあまり見ることのない時代であり、交通支障は考えなくてもよかったが、世話役の人々が検討した結果、確実な運搬手段は「橇（そり）」しかなく、多数の人々により曳（ひ）いて運ぶという方法しかなかった。しかも、三十数トンという巨木を運搬するのであるから、膨大な人数を確保しなければならない。また運搬時期は、当然のこととして「橇（そり）」が使える寒さの厳しい雪の多い冬が選ばれ、人々の仕事が休みとなる次の年の正月休みの五日間と決定された。この正月は現在でいう旧正月にあたり、寒さが一番厳しい時期で、道路には雪が積もりそのまま凍りついてしまうことが毎年続き、「橇（そり）」での運搬に適した時期であった。巨木の運搬は、翌昭和二十七（一九五二）年の旧正月を待つことになった。

しかし、檀家が殆どなかった福泉寺では、どのようにして人手を確保するかが問題となった。どんなに頑張ってみたところで人手が足りないことは明白であり、巨木が手に入ってもこれを解決しなければどうにもならなかった。戦没者慰霊を行うための観音菩薩像を彫る巨木を運搬するのに手を貸してほしいと、住職が信者の間を東奔西走する毎日が続いた。

終戦後間もない当時の地元では、田畑の仕事をしたり山に入り炭を焼いたりするのが主な仕事であった。特に冬は休養の期間となっていたので、相当数の人々が馳せ参ずるだろうと思われたが、どのくらいの人数が集まるかは誰にも予想ができなかった。

四　出発

昭和二十七（一九五二）年一月十日の旧暦十二月二十七日、待ちに待った運搬作業の開始である。朝六時、冬の太陽が顔を出すにはまだ時間があり、凍てつく空気に吐く息がたちまち真っ白になっていく。それでも人々は集まり始めていた。朝の四時頃に起き出し手弁当を腰に冬の暗い道を遠野駅まで歩き、隣の綾織駅まで一番列車に乗り、そこからまた歩いてきた人も多かった。夜明け前の道を自宅から石上神社まで十キロメートル以上も歩いてきた人も多数見られ、二千五百人の人々の行列は延々と続き途切れることはなかった。人口が少ないこの地方でこれほどの人々が馳せ参じたことには驚嘆するよりほかはなかった。

住職は人々の大きな流れを見て、個人で始めた仕事にこれだけ多くの人々が馳せ参じてくれたことに強い感激を覚え、目が潤むのを抑えることができなかった。それとともに、これから始めようとする大きな仕事は地元の人々に支持されていることを強く感じ取り、今後どのような困難が待ち受けていようとも、一つ一つ乗り越えて成功させなければならない、必ず観音菩薩像を建ててみせるぞと改めて誓っていた。

早朝にもかかわらず、予想をはるかに超える二千五百人という人々が、住職の声に応えて石上神社に集まった。神社の狭い境内は、巨木の運搬を一目でも見たいという人々も押しかけていたので物凄い混乱を呈していた。人々は初めて目にする赤松の巨大さにただ驚くばかりであり、同時に巨木を石上神社から福泉寺まで無事に運び終えるのは並大抵のことではないと認識し、気持ちはしだいに昂ぶっていった。

　準備は運搬専門業者の泉政夫さんを中心にした十人ほどで前日から開始され、夜の十時頃までかかった。運搬のために前もって一尺（三十センチ）角の材料で造られた長さ一丈（約三メートル）、幅八尺（約二・四メートル）の二台の大きな橇が大工の山善さんによって用意されていた。途中での事故や怪我人が出ないように石上神社の宮司さんにお祓いをしていただき、五斗の餅米を使った五色の餅を撒くなど細心の注意を払い、厳寒の中で手がかじかむのも気にせず、世話役の指図に従い橇の上に巨木をのせる準備が着々と進められていった。やがて準備が整い大きな掛け声とともに、直径九尺九寸（約三メートル）、長さ三丈四尺（約十・二メートル）、重さ三十数トンの巨木の片端が少しずつ持ち上がり、巨木の片端の下に橇が運び込まれてしっかりと固定され、続いてもう一方の端にも橇がしっかりと固定された。太さ一寸二分（約三・六センチ）、長さ二十間（約三十六メートル）以上の曳き綱用ロープが結ばれ、準備万端整ったので、出発の合図を今か今かと待つ曳き手の興奮はいやがうえにも高まっていった。

コースは石上神社から綾織駅までの約四キロメートルは橇(そり)で、綾織駅から隣の遠野駅までは列車で、ここで再度橇(そり)に積み替えて福泉寺までの約八キロメートル、全行程約十七キロメートルと計算された。石上神社は山の中の標高約三百三十メートルのところにあり、そこから綾織駅までは長い下り坂で標高差は約八十メートルもあるだろうか。

誰もがこのような重量物を運搬した経験を持たなかったので、慎重の上にも慎重を重ねた出発が必要なので、主だった人々は集まって最後の確認の打ち合わせを行っていた。

しかし、曳き手たちの興奮は絶頂に達していたので心に余裕がなかった。待ちくたびれたひとりが「それ曳き出せ」と声を掛けたので、興奮していた人々は「やれやれ!!」とばかりに、たちまちロープに群れをなし黒だかりになった。その時、大きな声で音頭を掛けた者があり、その声に合わせて大集団の「エンヤサー」という掛け声が山々に二重三重に力強くこだまし、曳き手たちは、山に神々が宿っているかのような錯覚に陥っていった。応援に駆けつけ、事の成り行きを見守っていた人々からは、大きな拍手と声援が嵐のように湧き起こっていた。

　巨木は徐々に動き出した。しかし、あまりにも巨大で重量があったので、緩い坂道を下り始めるとたちまちにして勢いづいたからたまらない。地響きをあげて怪物が突進するがごとき恐ろしい勢いとなった。道のすぐ先には緩いカーブがあった。無事に目的地に到着してくれと人々が祈る心とは裏腹に、巨木は曲がりきれずに後部からずるずると横滑りをしたかと思う間もなく、勢いよく道路脇の小さな堀の中に落ち込んでしまった。前後の人たちはとっさのことであり、逃げるのが精一杯となったが、怪我人が出なかったのが不思議に思われた。曳き手をはじめ応援に駆けつけていた人々は、この事態に驚きただ呆然とするばかりで、一瞬シーンとなり声一つ聞こえなかった。

　手を替え品を替えして押しても曳いても巨木はびくともしなかった。冬の日は短い。やむを得ず曳き手たちを解散させたものの、念願はこれで頓挫するのかと思うと、住職の両頬には熱いものが流れ落ち、とどまるところを知らなかった。

　これからの長い旅路の前途多難を予告するかのごとくに堀に落ちた巨木の引き上げ

作業は、巨大さと重量のために困難を極めた。それでも努力の甲斐があって二日目の夕刻には引き上げに成功したので、一度は諦めかけた住職の喜びは並大抵ではなかった。主だった人々と協議の結果、運搬再開は十四日となった。

コースの途中には道幅が九尺（約二・七メートル）と狭い場所もあり、橇（そり）の幅八尺ではぎりぎりであり、しかも道路脇には石垣の下数メートルのところに川があることから、再度落ちたら引き上げは絶対に不可能であると考えられた。運搬方法は慎重に検討された結果、橇（そり）は一台だけとし、巨木の後部は引きずることに

巨木が落ちた堀。最初の難関だった

した。

五　険しい道中

十四日になると再び多数の労力奉仕の人々が集まり運搬作業は再開された。先のように指揮者の合図なしで誰も軽率な行動には移らなかった。横滑りを恐れて後方の橇を外して前方だけ橇に乗せ、後方はひきずる形で巨木は順調に滑り出した。しかし、三十メートル先にある神橋を目前にして、どうしたわけか橇の滑りは止まってしまった。あらゆる知恵を働かせ動かそうと試みたが効果はなく、午後三時ともなると万策尽きてしまった。この上は切るか割るかして運ぶより手がないと、半ば諦めた住職は、作業が終わったらたとえ一口でもご苦労様にと持参していた御神酒を曳き手たちに振る舞った。御利益はてきめんにその効果が現れ、念のためにと曳いた橇はするすると動き出した。

エンヤサー　エンヤサー
エンヤサー　エンヤサー

掛け声は再び山々に威勢よくこだました。狭くてきついカーブを特に大きな危険もなく調子よく滑った巨木は、綾織駅までの中間点の砂子沢(いさござわ)の集落まで運ぶことができた。

翌十五日は旧暦の大晦日、各自ともに多忙を極める日になっていた。朝のうちこそ少なかった人々はしだいに数を増し、予想以上の参加者となった。しかし、朝からの好天で雪道は解け出し、橇(そり)の滑りが悪くなり曳くことが難しくなってきた。人手を増やせば可能かもしれぬということで、菊池亀之助翁が急遽近くの中学校にお願いに上がった。教師は生徒会にはかって意向を確かめたところ、

「義を見てせざるは勇なきなり」

との合い言葉で、二百名ほどの生徒たちが自発的に駆けつけてロープを曳いてくれたので、有り難いことだと感謝の念でいっぱいになった。巨木には前後に指揮者が乗り、赤青の手旗信号で采配をとったので、その日は順調に綾織駅の近くまで運ぶこと

ができた。

一夜明ければ旧正月である。今回の運搬作業は今日までとし、次回は旧正月の三ヶ日を過ぎた十九日に再開することを約束して解散した。住職にとってはこれからのより長い道のりを考えると、もっと険しい困難が待ち構えているような予感が脳裏をかすめていた。

六　踏切

石上神社を一月十日に出発し、旧正月三日間の休みののち、十九日に運搬は再開された。巨木の運搬だというので見物人も多数押しかけ、周囲は人、人、人の波に埋め尽くされ熱気に包まれていた。

踏切を渡ればそこはもう綾織駅であり、隣の遠野駅までは貨物列車を利用することにしていた。一時の列車の通過時刻が近づいていたので通過を待つことにした。ちょうどその時に巡回をしてきた釜石線の保線区長が、巨木を囲んだ二千五百人の集団を見て不審に思うのは当然のことであろう。何をしているのだ、責任者は誰だという保線区長の声に、住職が出ていきこれから線路を渡るところであることを告げた。それに対して保線区長の口から出た言葉は、住職をはじめ周りの人々を驚かせた。すなわち、巨大な物が踏切を渡る時には、一ヶ月前に申請書を出し許可を得なければならないという。そのような決まりは誰も知らないことであり、今から申請を出したのでは間に合わない。作業は寒さと正月休みを利用しているので、どうしても許可を待つことはできない。

「こんな巨木が線路を横断しては線路が壊れる。事故が起きたらどうする。人命に関わることだ」

保線区長の言うことはもっともであるが、運搬を中止できるものではない。住職と保線区長の間では押し問答が続き、ただひたすらにお願いすることのみに終始した。その結果、保線区長の指示通りにして渡せばよいという返事をやっと引き出し、人々はほっとして早速準備にとりかかった。

それからが時間との闘いの大仕事になった。

「線路の上に竹を敷き、その上に雪を掛けて滑りをよくして通せ」

の指示に従い、竹を探したが付近には竹藪がない。一時の列車が通過し、三時の列車が来るまでの間に巨木を通過させなければならない。気は焦ったが時計は待つことなしに時を刻み続けるので一同が途方に暮れていると、地元の方が、

「きのう買ってきたばかりの竹があるのでお使いください」

と申し出てくれたので、地獄の中で仏が現れたと心から感謝することになった。作業はただちに開始された。ある者は竹を切り揃え、他の者は雪を集めるなどという予想もしなかった作業に必死に取り組み、やっと準備が整った時に一時の列車が通過した。

それとばかりに竹を打ち付けたり雪を掛けたりなどと動き回り準備が整った。待ち構えていた曳き手たちはそれ曳けとばかりに勢いよく曳いたので、順調に滑り出した巨木は線路上にさしかかったが、線路の上ではどういうわけか根が生えたようにびくとも動かなくなってしまった。曳けども押せどももどうしても動かない。次の列車の通

過に支障を来すことはできない。全員の緊張は高まるばかりであり、焦りが見えてきた。応援の人々の中からもいろいろな声が掛かるがどうしても動かない。保線区長から厳重な注意を受け、特別に許可されていただけに焦りは並大抵のものではなく、曳き手たちの顔色もしだいに青ざめていくのが見て取れた。

そのうちに、「横に曳いてみたら」という提言があり、そんなことはないだろうと疑問に思いながらも実行してみると巨木は簡単に動き出し、勢いに乗ってそのまま綾織駅の構内に滑らかに運び込まれてしまった。全員は冷や汗をかきながらもほっと安堵し、誰からともなく声が掛かり、無事の成功を祝い全員で万歳三唱を唱えた直後に、三時の列車が何事もなかったように到着した。間一髪の出来事であり、職務上厳しかった保線区長もにこやかに祝福してくれた。

今までの張り詰めていた緊張がにわかに解き放たれ、疲れがどっと出てきたが、それでも無事に線路を渡すことができ、怪我人もなかったことは観音様の御加護があったからこそと、痛感したのは住職だけではなかった。

無事に綾織駅に到着した巨木には次の難関が待っていた。人手があるうちに、予約

しておいた二両の台車にすぐにでも積み込み、隣の遠野駅まで運びたかったので駅長さんに相談すると、

「積込検査区の管轄で、その方の検査を受けないと積み込みはできません」

　という返事だった。直ちに連絡を取りお願いすると、

「この木に対しては全面的に協力せよ、と東京の本社から電報が入っているのですが、余りにも大きすぎる。三尺も削らないと規格に合わないので私どもの手に負いかねます。駅長さんの英断を待つしか方法はありません」

　という返事であった。三尺も削ったの

巨木を列車に乗せた綾織駅。無人駅となり昔の面影はない

では大観音菩薩像を彫ることができなくなる。ここまで運んできた苦労はどうなるのだろうか。住職にとってはどうしても諦めることができなかった。

翌日、改めて検査区長さんに相談すると、巨木故に鋼鉄製の台車ではロープやワイヤーを使ったとしても固定が難しく、途中で緩み転落する恐れがある。かすがいを打つことのできる木製の大型台車でなければ固定ができないという。やむを得ず、改めて木製台車の手配をお願いしたところ、木製の台車は数が少ないのでいつ来るか分からないが、青森から下関の間を探し、見つかりしだいに回送してもらうより方法はないという回答をいただいた。これではいつになるかも分からない。それでも急いで手を打ってもらうことでお願いするしかなかった。

駅長の手配により、幸運にも二両の木製大型台車が青森にあることが分かり、直ちに回送してもらい二日後には到着した。三日目、巨木は直ちに台車に乗せられ、駅長さんの大英断と黙認により、遠野駅まで運ぶことができた。幸いなことは途中にトンネルがなかったことである。巨木は大きすぎてトンネルを通過できないことは明白であり、ここでも観音様の御加護があったと住職は大喜びの笑顔を見せていた。

七　重大な決意

次の大難関は早瀬橋にあった。住職と世話役たちが前もって検討を加えた結果、早瀬橋に積もった雪が凍っている間に巨木を運搬すれば大丈夫だろうという結論になった。それも温度が一番下がり、橋の上が十分に凍っている時間、すなわち早朝がよかろうということになった。

橋の上を運搬することの許可を取るために、住職は前もって役場に足を運び交渉したが、早瀬橋の重量制限八トンに対して巨木は三十数トンである。巨木の重量は橋の制限重量の四倍もあり支えきれないので、断じて許すわけにはいかないとの立場のお役人と、ここまで運んできた大きな意味の上からも、どうしても渡したい住職との間で激しいやりとりが交わされた。住職にしてみれば、頑丈な橋だから落ちるはずがないとの思いで交渉にあたったが、両者の主張が並行し一歩も進展せず、橋の通行許可は出なかった。

橋の代わりに川の中を通すことなどは不可能なことで、橋を通せなければ今までの苦労が水の泡となり、観音菩薩像を彫るという計画が破綻することを意味していたし、ここまで協力してくれた人々に対して顔向けもできなくなる。途方に暮れた住職自身も、ここまで運んでくるだけで身も心も疲れ果てていたので、死んでしまいたいとの思いが忍び寄ってくるのを強く感じていた。

しかし、住職は踏みとどまった。今まで運搬に協力してくれた人々に対して報いることの方が大切であることに気がつき、何が何でも通してみせるぞという思いでお役人とさらに交渉を続けた。その結果、巨木の長さを三分割するならばと

最大の決断を住職に迫った早瀬橋の現在の姿

いう話を引き出したが、それでは考えている観音菩薩像を彫るのには短くなりすぎる。どうしても巨木そのままで通したい。役人との駆け引きが続いたがどうにもならないくらい巨木は重かった。

その夜、寝床に入った住職の目は冴えてどうしても眠れなかった。厳寒の中、飛び起きて氷を割って水を浴び、夜が明けるまで本堂で一心になって行法を続けた。つらい一夜を過ごし最後におみくじを引くと、住職の心を聞き届けたかのように、「九十番大吉」が出た。文面には、

「一信向天飛。奏川舟。自帰。前途成好事。応得貴人推」(ひたすら目当ての岸に進みなば、波荒くとも終に渡れん)

とあった。

ついに決断を下した。何が何でもどんなことがあっても巨木をそのままの姿で橋の上を通してみせると。さらに、万が一橋が落ちたならば……。仏様がついている、大丈夫だ。それでも……。その時は……監獄はおろか地獄の果てまで行けばよい。「たとえこの身は舎利になっても念慮は必ず遂行するぞ」。こう決断を下すと心はすっかり

澄み渡り、すがすがしい気持ちで朝を迎えることができた。

八　早瀬橋

岩手県の中でも北上山地に囲まれた遠野地方は特に寒冷地であり、最低気温が零下二十数度という記録が残っている。この年も厳寒の日々が続き、根雪もすっかり凍てついていた。早朝に集まってきた人々の間では、気温が零下十五度くらいになっただろうか、いや、零下二十度近くもあるかもしれないなどと、それぞれに今朝の寒さについての話が続いていた。しばらくぶりの寒波が襲来し、前夜の晴天は放射冷却を起こしてすっかり地表を冷やしてしまい、積もった雪をいつも以上にカチンカチンに凍らせていた。

この地方は低温で有名な地域で、住職が仏様に御神酒を差し上げるとシャーベット状になることも再三であった。この日の寒さも相当なものであった。

昭和二十七（一九五二）年二月には雪が二十九日間続いたし、近くの藪川では二十九（一九五四）年二月十一日に零下三十五・〇度まで下がったという記録もあるほど寒い地域である。

一月二十四日早朝、遠野駅に近郷近在から続々と馳せ参じた人々は、曳き手と応援に駆けつけた者も含めると予想以上の総勢約三千人はあったと思われ、しだいに興奮が高まっていった。

眠れぬ夜を過ごした住職は、監獄はおろか地獄の果てまでも行くだけの覚悟ができていたので、何ものも恐れぬ勇気を持って町に向かって出発した。現場では若者たちが気勢を上げ、戦時生き残りの古武士たちも手ぐすねひいて待ち構えていた。住職の重大な決意を知っていたかのように、

「和尚さん、もしきょう土木管区の人が来て通せん棒をはっても、押しのけて通ってしまえ。今日の人夫は三千人以上だ！　管区が総動員しても二、三十人ぐらいの若者だから、決して恐れてしりぞいてはならぬ。怪我させぬよう、事故なきよう、万全の注意を払って進行しよう」

とそれぞれが住職に語りかけていた。

橇（そり）も順調に滑ってくれるだろう。そう思いながら曳き手たちは声を掛け合いながら今か今かと出発の合図を待っていた。

エンヤサー　エンヤサー

エンヤサー　エンヤサー

底力のある掛け声が聞こえてきた。出発はまだかまだかと待ちながらロープを握り、心を一つに合わせるために掛け声を掛けていた。住職様のために無事に福泉寺まで運搬するぞという意気込みが満ち溢れていた。

午前九時、餅を撒き無事を祈った棟梁が大きな掛け声で出発の合図を掛けた。威勢のよい掛け声が起こり、直径九尺九寸、長さ三丈四尺、重量三十数トンの巨木はしずしずと、それでいて厳かに凍てついた雪の上を威勢のよい掛け声とともに、福泉寺に向け滑り出した。

エンヤサー　エンヤサー

エンヤサー　エンヤサー

すっかり凍てついた寒さの中を、巨木は、ピーンと張った引き綱に曳かれ、カチンカチンと氷のように凍った雪の上を少しずつではあるが進んでいく。二台の「橇（そり）」に前後を乗せられた巨木の上では、ねじり鉢巻き姿の棟梁が纏（まとい）を持ち声を張り上げて指揮を執っていた。その顔からは無事に運搬することを願う緊張が遠目にも読み取れることができた。曳く者もうっかりすると滑って転びかねない厳寒の中ではあったが汗を流し始めていた。底力のある声が響き渡っていた。町の中心部であったので、応援に集まった大勢の人々も、自分が曳いているような錯覚を起こし大声で掛け声を掛けるのであった。

遠野駅を出発した巨木はすぐに材木町を通り過ぎたが、巨木の巨大さや運搬の様子を一目見ようと、朝早くから町内はもとより近隣の村々から駆けつけた若者から年寄りまでが道の両側にひしめき合い、身動きもできないほどになっていた。警察に協力をお願いし、さらに自動車会社にも運行を避けるようにお願いはしておいたものの、この人混みの中を安全に無事に通過させることは至難の業であることは目に見えていた中での出発であった。

短い材木町を過ぎると上組町に直角に曲がらなければならない。T字路は、曲がるのに最も技術を要する地点であった。曳き手は道路に沿って角を曲がって曳くが、橇（そり）はそのまままっすぐに進み、曲がり角まで行かなければならない。舵（かじ）取りをしっかりと行い、曲がり角まで進めてから直角に曲げる作業が必要であり、大きな困難を伴うことが予想された。場合によっては何軒かの家に傷をつけるのではないかとまで覚悟を決めていた。丹念に下調べをし、橇（そり）が曲がりやすいように雪道に溝を掘るなどの対策を練っておいた下準備も良かったので、舵取りの腕前と観音菩薩の御加護により、不思議なことにここでもすんなりと無事に曲がりきることができ、早瀬橋に向かって順調に進んだ。

巨木は快調に進み、やがて早瀬川に架かる早瀬橋の近くまで進んだ。橋を渡る困難に対する住職の決意は顔に表れ、覚悟のほどが人々の間に伝わっていった。重大な決断をしてまでも観音菩薩像を彫り、戦没者を弔い日本再建と世界平和を願う住職の熱意を汲み取っているので、曳き手たちの結束は十分に発揮された。

橋を無事に渡りきってくれよと願う三千人の心は針のように研ぎ澄まされていた。

早瀬橋は巨木の重さを支えきれるだろうか、無事に渡ることができるだろうか、ここさえ渡れば……そのように曳き手をはじめ応援の人々誰しもが一様に考えていた。さらに、無事に渡すことができなければ……考えるなと言われてもこれだけは全員の脳裏から離れなかった。曳き綱を握る者、応援に駆けつけた者、誰の目も前方の橋をじっと見つめ、少しずつ近づくにつれ緊張の度合いが高まっていくのがお互いによく分かった。

無事に渡してくれよと願う大勢の心とともに巨木はいよいよ早瀬橋に近づいた。曳く者はもちろん応援する者を含め

現在の早瀬橋はコンクリートの橋に架け替えられている

た緊張は、遠野の空気をピーンと張り詰めさせ、今にもはち切れるばかりになっていた。何が何でも無事に渡さなければ、ご住職様は自ら命を絶ち生きてはいないだろう。誰しもがそう考えていた。ご住職様を死なせてなるものか、そのためには何が何でも無事にこの橋を渡してみせなければと一人ひとりが深く心に刻み込み、それぞれの顔はそれを如実に表していた。

曳く者、応援する者、すべてが緊張に包まれていた。曳く者にとっては、ここまで運んできた巨木を最後まで運び終わることが目標であり、ここで頓挫（とんざ）をすることができないとの思いが十分に読み取れた。渡ってみなければ結果は分からない。吉と出ることを全員が信じての行動となっていた。

欄干にぶつけることは許されず、橇（そり）の滑りが悪くならないようにも細心の注意を払い、慎重かつ確実に運ぶしか方法は残されていなかった。曳く者、舵を取る者それらをまとめて采配を振る者などが、全神経を針のように鋭く研ぎ澄ましながら慎重に前進していた。昨日に引き続き数人の役人が来ていたが眼中になかった。邪魔だからどけとばかりに細心の注意を払いながら勢いよく綱を曳いていた。

応援に駆けつけた者たちにとっては、絶対に渡りきることができると信じながらも万が一の場合には、と心臓を高鳴らせながら橋が崩れ落ちないようにと、両手を合わせて祈りながら、ただただ見守るほかに手の施しようがなかった。緊張はいやが上にも高まり、慎重にゆっくりと曳いてくれよと願う心とは裏腹に、早く無事に通過してくれと手に汗を握りながら祈る多くの人々が見守る中、巨木は順調に橋の上を進んだ。

無事に通過した時には、誰からともなく万歳の大きな声が上がり、それが大きなどよめきとなっていくのは当然のことであった。そのような達成感の中で、無事に渡り終えたのだ、住職様は腹を切らなくてもすんだ、と様々な思いの感激が参加したすべての人々の心の中に強烈に込み上げてきたので、どよめきはなかなか収まることがなかった。いつまでもいつまでも響き渡り、この感激は一人ひとりの心に残り、永久に忘れることのできないものになっていった。

住職は、戦没者慰霊・日本再建・世界平和の三題を唱えて始めたこの仕事に、多くの人々が共感し、参加してくれたということだけでも感激しているところに、大勢の曳き手たちが駆けつけ、大きな危険もかえりみずに早瀬橋を渡してくれたことへの感謝、そして、全員が大事業を成し遂げようと努力している姿を目の当たりにして、目の前が霞み、何も見ることができなかった。そして、今回の巨木運搬に携わった人々の熱意に応えて、どのようなことがあっても観音菩薩像を完成させることを再度誓っていた。

あとは目的地の福泉寺まで約六キロである。危険と隣り合わせの早瀬橋を渡った勢いにのった曳き手たちの威勢のよい掛け声とともに、巨木は順調に進んでいった。

九　気の緩み

遠野駅を出発し早瀬橋を渡った一行は調子よく進行していた。この調子ならば予定より早く福泉寺に到着できるものと誰もが思っていた。

橋を渡って五百メートルも進んだ頃、どうしたわけか巨木は急に止まってしまった。いくら曳いてもロープが切れるばかりで巨木は道路を塞いだままでびくともしない。いくら焦っても根が生えたように動かず五時間も経過してしまった。

早瀬橋を渡るという極度の緊張と、無事に渡り終えたという安心感が疲労となり、見た目には分からなかったが気が緩み、足並みが揃わなかった状態だったのではないだろうかと住職は気がついた。

それとともにふと思い出したのが、石上神社を出発して間もなく巨木が堀に落ち込んでしまってから、橇を一台に減らしての運搬で成功したことであった。今回は平地ではあるがあるいはという気持ちで、後部の橇を外して前方の橇一台だけにしてみたところ、曳き手たちの気分の転換に大きな影響を与えたとみえて意外にもするすると動き出した。それでもこの先約百メートルほどのところにある文殊様の前はゆるい上り下りの短い坂があり、下りでは走りすぎるほどであった。

住職はあとになって気がついた。緩やかな短い上り坂は問題なく登ったとしても、続く下り坂にかかった時に、もし、橇が二台ならば走りすぎて、怪我人が出たかもしれない。巨木が橇を一台にせよと人間に前もって教えてくれたのではないかということであった。また、三千人の気合いが乱れた時は力が出ず、一致団結した気合いが揃った時の力とでは雲泥の差があることを教えられた気がした。今回は早瀬橋を渡ったという一種の安心感から油断を生じ、気合いが乱れた結果だったのであろう。

この日の予定は福泉寺の入り口まででであったが、早瀬橋を渡った勢いで福泉寺橋をはじめ大小七ヶ所の小さな木橋も無事に通過して到着した。

この厳しい寒さの中で、困難に立ち向かい運び終えた時に気がつくと、曳き手も応援者もみんな汗びっしょりになっていた。無事に運び終えたという満足感、そして住職の決断に応えたという大きな喜びで万歳が湧き起ったのは自然の成り行きであった。

解散したのは厳冬の夕闇が濃くなった五時頃になっていた。人々が疲れた身体を引きずりながら自宅にたどり着いたのは、遠い人では八時頃になっていたのではなかろうか。

途中には木橋が七ヶ所あり心配したが、すべて無事に通過することができたのは、この日の気温が大きく影響していた。盛岡測候所ではこの日の気温が零下二十四度という、何年に一度の寒さを記録していた。

住職はこれらの人々が無報酬で参加してくださったことに、感謝してもしきれない心を持っていたので、運搬の日には毎日四斗の酒を用意していた。一日が終わるとご苦労様でしたと一杯ずつ配ってきたのであるが、果たして全員に渡ったのかどうかさえもはっきりしなかった。それでも住職が「明日もよろしく」と声を掛ければ「ハイハイ」と返事をし、一日の仕事が無事に終わったことに満足しながら帰路についていたので、住職は手を合わせて感謝しながら見送る毎日を続けていた。

十　無事到着

橇(そり)に乗ったまま、巨木は福泉寺の入り口で一夜を明かした。ここからは百メートルほどの坂道を運び上げなければならない。しかし、坂道を上るためには大きな力が必要である。

奉仕の人々が集まり、巨木は坂道を登り切り、境内に準備しておいた彫刻場に巨木が納まったのは昭和二十七（一九五二）年一月二十五日午後二時頃だったろうか。巨木の上に御幣を飾り、無事到着の祈祷を捧げると、大きな難関をいくつも乗り越えて仕事を成し遂げた感激が人々の心を揺さぶって、誰も彼も眼の先が見えなくなり、咽(むせ)び泣く声さえも聞こえていた。

そこへさらに近所の信者たちが煮しめや香の物を持ち寄り、腹が空いたろうからとたくさんの握り飯を作ってくれるなどしたため、奉仕の人をはじめ老若男女・善男善女でごった返し、境内はお祭り以上の大混乱となってしまった。地域住民たちは巨木を運び終わったという解放感を存分に味わっていた。この雰囲気は住職の日本一の大仕事に共鳴し、協力を惜しまなかった一つの表れでもあった。

住職は、自分一人の発念から始まったこの仕事に、地域住民たちが手弁当で朝早くから夕方遅くまで、六日間で応援を含め延べ約二万人が参加し、長い道中での再三の困難を乗り切り、無事に運び終えた多くの人たちとの力強い心の結びつきを改めて認識するのだった。同時に地域住民たちへの感謝の念が強く湧き起こり、自然に頭を下げることになった。

今やっと安置された巨木を目の前にし、これから先の彫刻、そして完成した観音菩薩像の姿を脳裏に描きながら、両眼から流れ落ちるものを抑えることができなかった。

次の日からにわかに気温が大きく上昇し、雪が解けだしてきた。雪が解ければ橇（そり）は動かない。奉仕の曳き手たちはきわどいところで曳き上げ終わった運の良さをつくづく感じていた。運び始めた時からの厳寒、そして運び終わったとたんの気温の上昇、奇跡に近い出来事と言うほかはなかった。

住職にしてみれば、ここまでが一つの大きな区切りだった。振り返ってみれば巨木は最初から堀の中に落ち込んで、前途多難を思わせる大きな出来事となった。さらに道幅と橇（そり）の幅が五寸しか余裕がないところをよく無事に通過できたものだとも思っていた。巨木の運搬はできないだろうと冷笑・罵倒を浴びせられたこともあったが、それらの人々も運搬には協力的であり、早朝から暗くなるまで、無報酬しかも手弁当で奉仕に打ち込んでくれたと感謝してもしきれなかった。

国鉄始まって以来の大物の輸送も関係者の特別な計らいがあったからこそ、絶望的な不可能が可能になった。早瀬橋では重量制限を数倍もオーバーしながらも無事に通過させた曳き手たちの熱意で、不可能が可能になったことは仏の御加護があったからだと思うのみで、ほかに何があっただろうか。さらに怪我人一人もなく無事に運び終わったことは、参加者の強い結束があったからであろうと思われた。いずれにしても地域住民がこれほどまで一つにまとまったことは、終戦後の混乱時代にしてみれば、奇跡であった。しかも困難な運搬作業にもかかわらず無事故で終わったことは、これまた奇跡であったと住職は感涙に咽（むせ）ぶのみであった。

第二章　仏像彫刻

一　彫刻師

コーン、コーン、コーン
澄んだ音が彫刻場の中から朝早い静かな境内にこだましていた。
コツコツコツ
確実に彫り上げていくノミと槌の音が聞こえてくる。赤松の木は樹脂があり、固くて彫りにくい。それでも住職は何かに憑かれでもしたように一心不乱に彫り続けていた。
原木に初めて刃物を入れたのが昭和二十七（一九五二）年七月十五日、住職はすでに五十歳になっていた。戦没者慰霊、日本再建、世界平和を祈るために大観音菩薩像を建立するという念願を立ててから、早くも七年の歳月が経過していた。
近郷近在の住民が総出で運搬した赤松の原木は、今、福泉寺住職の手によって少しずつ彫られていく。一日に彫られる量は巨大な原木全体から見ればほんのわずかであり、進んでいるようには目に見えてこない。それでも日数が経過することによって、進み具合が確実に認められた。この遅々たる仕事の中でも住職の心は満ち足りていた。戦争犠牲者の霊を弔いたいという大きな願望と、薄暗い凍てつく氷と雪の中で原木を運搬してくれた地元住民に対する深い感謝を込め、最初に立てた大きな目標、戦没者慰霊、日本の再建、世界平和を祈るための大観音菩薩像を建立することに向かって彫り続けていた。

福泉寺住職がみずからノミを握るようになったのには、次のようないきさつがあった。

住職は原木を手に入れた当時には、名工による出来映えの良い大観音菩薩像を頭の中に描きながら、彫刻家をあちらこちらと探したが見つけることができなかった。やっと見つけても、自分が体験したものよりも少し大きい程度ならば引き受けてもいいが、あまりにも大きすぎるので手を出せないとのこと。確かにその通りで、原木の長さが約十メートルもあるのでは迂闊（うかつ）に手を出せないだろう。別の彫刻家は、自分の身体が利かないから、金がかかりすぎるからなどと理由をつけたり、各時代の古い作品を引き合いに出して批評することに終始し、結局は断られるのが普通になっていた。自分個人の問題ではなく、他の芸術家についてみそをつける人もあるので、住職は大変な仕事を始めてしまったと悩んでいた。それでも、ここでやめるわけにはいかない、何としてでも仕上げなければならないという強い信念のみが先に立つのだが、どうにもならなかった。結局、彫刻家が見つからず、住職は途方に暮れていた。

それでも大観音菩薩を彫り上げなければという強い信念に支えられていたところ、たまたま高名な彫刻家の高村光太郎先生（一八八三〜一九五六）が戦争で疎開し、花巻に山荘を結んでおられるのを耳にし、喜び勇んで早速高村先生のもとに今までのいきさつと彫刻のお願いを書いた手紙を差し上げた。良い返事が届くものと思っていたがいつまで待っても届かないので、直接お会いするために紹介もなく赴いたのが昭和二十七（一九五二）年二月十五日、真冬の最中であった。寒さをいとわず遠野駅から一番列車で花巻に向かって出発した。花巻駅からは人々に道を尋ね、親切に教えていただいたので高村先生の山荘にたどり着くことができた。

来意を告げると、素晴らしい話である、自分が若ければ引き受けるのだがすでに年を取りすぎたとの話になった。高村先生は当時すでに七十歳近くに思われた。若いお弟子さんでもいいのだがとの住職に、若い人は裸体は彫るが仏像を彫るような人は見当たらないという。

さらに作風はこの時代にはこのようなものを造らなければならないということはない、たまたまその時代にできたからその時代のものになっている。信仰心を持った者が彫った仏像でなければ、それを拝む人がいないのは不思議なものだ。今までの仏像は俗人が作っているのではなく、坊さんが彫っているのが殆どだ。住職は素人なので失敗しても構わないが、彫刻家では失敗したら芸術家としての生命が絶たれる。たとえ出来映えが悪くても、仏の心を知っている者は坊さんだ。君は坊さんであり身体もいいのだから君が彫ったらどうか、彫刻家は頼むな、とのお話をいただいた。

住職は先生の言葉により心が洗われ、御仏の心に接した思いがし、名状しがたい念に駆られていった。今までは誰かに頼んで彫ってもらおうという依頼心を持っていたが、自分が彫ってこそ真の仏像が生まれ、真の戦没者慰霊ができることを悟り、自分の手で彫ることを決意した。毎月一週間の断食・行法三十三回の積み重ねでやっと手に入れた原木を目の前にし、改めてこれからの大仕事に立ち向かうための一大決心が住職の胸の中に湧き起こった。

　これからが仕事の始まりであると、三十三回の断食行法を立願し、再開した。朝三時に起床し水垢離をとり、続けて二時間の大聖歓喜天華水供二座、さらに六時から十一面観音法三座（三時間）、ここまでで五時間になるが、さらに午後一時から三時間をかけて不動法三座合計八座の秘法を毎日厳修した上に、毎月一週間断食の行法は決死の覚悟で取り組んでいた。これだけの厳しい行法を行ったという例は今までの日本にはなかったものと思われたが、日本一の仏様を彫るのだからそれだけの行法を遂行しなければならぬとの強い決意が固まっていくのを感じていた。

　一週間の断食でも平気であり、むしろ喜びを感じていた。行法後の保養は行法を行った日数と同じで、行法一週間ならば保養も一週間であり、食事はごく薄い重湯から始まり、しだいにお粥、ご飯へと進んでいく。重湯であってもそのおいしさは何ものにも代えがたいものであり、至福そのものとして受け止めていた。

二　尊体の選定

住職は十一面観音菩薩像を彫り進めていた。我々が日常目にしている仏様は多くが似たようなお姿をしているので区別がつかないことが多い。千手観音や不動明王などは誰でもすぐに分かるが、観音菩薩や阿弥陀如来、釈迦如来などは、見ただけでは仏様を区別するのは難しいと感じている方が多い。

仏様はお釈迦様を頂点にして阿弥陀如来、観音菩薩、薬師如来などと数多くおられる。特に観音菩薩は、「広く人々の声を感じとり、宗教の枠を越えて苦悩から人々を救済する」と言われている。人々を救うためにその場に応じてお姿を聖観音、千手観音、馬頭観音、十一面観音、如意輪観音、准胝（じゅんてい）観音の六観音に変え、さらにその場に合わせて三十三のお姿に変身することができると言われ、あらゆる願い事を叶えるため、現世利益の菩薩とも言われている。

住職は彫刻を行うにあたり、これら数多くの仏様の中から十一面観音菩薩を選んでいた。

第一の理由は、六観音の中では修羅道救済をするのは観音様である。長い間、戦乱の巷に極度に荒み果てた人心を一新し、虚脱状態から脱皮して、建設思想を普及するには、十一面観音の信仰こそ時代に最もふさわしい仏様と信じていた。

第二の理由は、福泉寺の開祖であり、宥然（ゆうねん）住職の恩師である宥尊（ゆうそん）住職が、早池峰山妙泉寺の再興を動機として出家をしていた。

この二つが主な理由で、恩師の意志を継承し、報恩の気持ちを合わせ、十一面観音菩薩を彫刻することに決意していた。

十一面観音菩薩は、普通のお顔のほかに頭上に十面の小さなお顔と頭の真上には化仏（けぶつ）と言われる少し大きい阿弥陀如来の一面を載せている。前の三面は静慈悲の相をしており、左三面は忿怒の相、右三面は狗牙の相、後ろの一面は大笑の相である。

観音像が出来上がるまでには必ず日本経済が世界第一に成長し、日本国民が世界第一の文化人として尊ばれるようにと念願し、行法を続けながら彫刻を始めた。

三　長い年月

住職は彫刻をする工具の準備から始めた。鋸（のこぎり）は長さが七尺（二・一メートル）もある大きなものを類家（るいけ）さんから借りた。ノミは刃先だけでも三十センチもあろうかと思われる巨大なものを、町の菊池国安鍛冶屋に特別注文で二丁作ってもらった。このノミは観音様に寄付をいたしますという言葉をいただき有り難かった。

さらに原木の寸法を測り、障子紙を貼り合わせて大きくした紙の上に「像図」を作成し始めた。以前から多くの『美術全集』や『秘密儀軌（ぎき）』『仏像絵画』などに目を通し仏像の研究を続けていたので観音様のお姿は頭の中にあるのだが、いざ、自分で紙を目の前にするとなかなか思うように描くことができなかった。それでも、何度も描き直しをするたびに、紙の上にはしだいに観音様のすがすがしい大きなお姿が浮かび上がるようになった。

準備が整い彫刻開始である。屋根で覆われた作業所には「大観音謹刻所　出入禁止」と書いた大きな看板を立てるとともに注連縄（しめなわ）を張り、祭壇には供物を供えお清めをした。白装束の住職は昭和二十七（一九五二）年七月十五日に、力を込めて最初の大斧を打ち込んだ。ついに斧入れができたと思うと、今までの努力が実ったと感慨がひとしきり身に染み込んだ。何が何でも彫り上げるぞという信念のもとに、あとは無我夢中で時の経つのを忘れて彫り進んだ。

横たわっている原木は余りにも大きく、観音様の本体は約十メートル、お顔だけでも二・四メートルもあった。初めは首などの窪みを大きな鋸で切り込み、あとは斧と鋸を中心にして大まかな形を整えることにした。早く完成させて慰霊をしたいし、巨木を運搬した住民たちの熱意にも応えたい、それが情熱をかき立てていた。それこそ一心不乱に彫り進めていた。

しかし、初めて大斧を握った手は思うようには動かず、手には豆ができ、やがて破れて血を流すことも再三であった。一日で彫ることのできる量はほんのわずかであり、脇の人が見れば亀の歩みのような進捗状況がいつまでも続いていた。彫っていても観音像が余りにも大きいのでお姿の全体を見ることができず、作業所の屋根裏に足場板を並べて何回も登り、全体のバランスを見極めては彫り進むことの連続になった。目や鼻、口元などを書き込んだ紙を置いたり貼ったりしながら工夫を重ねて彫るのであるが、時々にはこの微々たる進行具合では一体いつになったら完成できるのだろうかという見通しが立たない不安に駆られることもあった。それでも完成するしか方法がないことを意識し、真剣に彫刻に取り組んでいるのだが、原木が余りにも大きいので、彫っている住職の姿はまるで木に止まった蝉のように小さかった。

彫り始めたのは昭和二十七（一九五二）七月十五日、暑い夏を迎えていた。その暑さの中で大斧を振り、鋸（のこぎり）を挽（ひ）くのであるから滝のような汗が目にも入り視界を遮った。手ぬぐいで拭き取りバケツに絞るのであるが、たちまちにバケツに汗水が溜まってしまった。

住民たちの支援によって手に入れた原木であるから、失敗は許されない、どんなことがあっても彫り終えなければならないと心に言い聞かせる住職ではあったが、気の遠くなるような先の長い仕事、しかも彫り方の問題などの悩みも多く、その心はしばしば大きく揺れ動いていた。住職はそのたびに、心を静め、次の段取りを考えるために一週間の断食・行法を行った。すなわち最初に大観音菩薩像の建立を思い立ち、一週間の断食・行法三十三回の立願をしてから六年間が過ぎ去っていた。住職はこの観音様が出来上がるまでには必ず日本経済が世界第一に成長し、日本国民が世界第一の文化人として尊ばれるようにと念願し、さらに秘法厳修及び三十三回の断食・行法などの苛酷な行法を続けながら彫刻を続けていた。

荒削りが終わるといよいよ小さなノミを使った細かい作業に入った。長さが二尺（六十センチ）もある目が一番大切なところである。大きな目では見張っているようであるし、閉じてしまってはどうにもならない。目は最も重要な存在であり、仏像はどれを見てもやさしい半眼になっている。人の目はそれぞれに大きさや形が異なっているが、仏様は目を合わせれば心の伝達さえもできるほど重要な存在になっている。

同じく鼻についても人により形が異なっていることに気がつき、他人の目鼻の形や大きさなどを詳しく観察することが多くなった。じっと見つめて叱られたことも再三で、一人でクスクスと笑い出したことも数多くあった。自分では十分に観察をして理想とする目鼻の形を頭の中に描いてはみたものの、いざ彫ることになると手が思うようにならないので、行法を繰り返しながら慎重に彫り進んだ。

住職は地元のためにと思いながら警防団長、司法保護司、人権擁護委員、農地委員などの公的な役職をいくつも引き受け活動をしていた。しかし、昭和二十九（一九五四）年になると、観音様を完成させるまでは脇目を振らずに専念したいとの思いで、これらの公務を一切辞退した。これによって余念にとらわれずに彫刻に打ち込むことができるようになった。

四　安置場所

住職は彫刻と平行して観音様を建立する用地の問題にも手をつけていた。希望の場所は一人の地主が一町歩、もう一人が四反歩をそれぞれに所有していたので事情を話して懇願したが、どうしても応じてもらえなかった。やむを得ず、一町歩の土地には二町歩を、四反歩の土地には一町歩を代替地としてよそから買い求め、土地交換でようやく手に入れることができた。だが土地代金や登記料、諸経費の支払いのために借金をする羽目になったし、彫刻・行法をしながら諸雑用や工事をしなければならないという苦悩が連続していた。

次は整地をしなければならない。山善さんから、よく働くまじめな人が仕事を求めているので敷地の工事をやらせてくれないかと紹介されたので、早速働いてもらうことにした。リヤカー、一輪車などの必要なものを一切備えたところ、仕事は手際よく能率的で、毎日真剣に働いてくれた。重労働ではあったが毎日少しずつ順調にはかどり、一人で一年以上をかけて予想以上に立派な敷地を造成してくれた。

住職は観音様を安置する位置も考えていた。彫刻場からは離れているが、遙か先をも見渡すことのできる裏山の頂上を選定し、観音様を運び上げて安置場所に至るための新しい通路も造り始めていた。雑木を切り、切り株を掘り起こし、山を切り崩す作業は、信者の援助があったものの、五十三歳の住職には重荷になっていた。それでも大きな目標と固い信念に支えられて、約五百メートルの長さで完成することができた。

昭和三十(一九五五)年秋になると、観音様が安心してお立ちいただく台座を造ることになった。必要な骨材すなわち砂と砂利・玉石は、膨大な量を必要としたが、各村から交代で集まった信者、毎日五十人ほどが、近くの川から叺に入れて背中に背負い、一歩一歩と山の上まで運び上げるという重労働が続いた。必要量を運ぶのに何日かかったことだろうか。必要量を運び上げることができたのは、自分たちが観音様を造り上げるのだという強い意志が結集した結果であり、住職にとってはただ感激だけであり、涙とともに頭を下げても下げきれなかった。

三十一（一九五六）年に入ると観音様を安心して安置できるような台座を造らなければならなかった。台座の面積は二間四方であり地下七尺も掘らなければならない。近所の信者が毎日十人ほどで掘ったが土が固く、鶴嘴でなければ掘れなかった。それでも奉仕の人々が汗を流しながら掘った穴は、作業をするのに十分に余裕のある大きさに出来上がった。

コンクリート作業は職人に依頼したものの、山の上にはセメントを練る水がない。最初は婦人会の奉仕の人々によって、池の水を一升瓶などを使って運び上げてみたが、微々たるものでとても間に合うものではなかった。季節はちょうど冬になっていたのが幸いして、大釜を用意し積雪を融かして水にすることを思いついた。これでコンクリートを練る水は解決し、台座はしっかりと造られた。台座が完成した時には、これでまた一歩前進できたと、住職の苦労は吹き飛んで、感激に咽(むせ)んでいた。

その頃、畜産農協の所長さんが、可愛い盛りの令嬢を亡くされ悲しみに明け暮れ沈んでおられたので、依頼を受け拝んであげたことがあった。その時、何か功徳になることをしたいとの申し出があった。それではただいま観音様の台座の基礎を作成中なので、その中に入れる経石(きょうせき)を書いて納めてくださいと伝えたところ、大いに喜んで、早速小石を拾い集めて洗い清め小石一つに一文字ずつを書いた観音経を法名とともに納めていただいたので、台座のコンクリートの中に混ぜ込んだ。所長さんはおかげで救われましたと言われ、奥さんともども観音経は空で読めるだけの信仰を持たれるようになったのも深いご縁になっていた。

これが動機で多くの人々にも呼びかけ、一字一石の観音経三十三巻を奉納していただき、台座の中に入れて基礎を造った。住職も梵字で真言三十三巻を書き、できる限りの功徳を積み、「霊験あらたかなる観音様になるように」と心がけた。

五　尊体山に登る

昭和三十三（一九五八）年のある日、五年間の大工弟子奉公を終わったので観音様の彫刻に奉公したいという、弟子の藤原文雄青年を連れて山善さんがやってきた。手伝い人ができたので、一人の手だけでは難しい箇所でも作業が順調に進んだのは、住職にとっては嬉しいことであった。間もなく観音様のお姿が殆ど出来上がった。あとは台座の上にお立ちいただき、細かいところを仕上げるだけである。

大きくて重量のある観音様を安置する二間四方、地下七尺、地上四尺の台座が完成していたので、いよいよ粗彫りの観音様を山の上まで運び上げることになった。寒い雪の季節を待ち橇（そり）で運び上げることにした。

運ぶ時に傷をつけないように白晒（さらし）で尊体を巻き、さらに菰（こも）で包んだ。この白晒（さらし）は信者の人々が寄付したものや、貸してくださいと願ったところ観音様に巻いた白晒（さらし）をお守りにしたいからとみんな大喜びで貸してくれた。殊にその白晒（さらし）を腹帯にすれば、必ず安産でよい子が生まれると、我も我もと持ち寄ったのでたちまち二百反にもなり、巻くだけでも容易な仕事ではなかった。この頃になると地元ではいつとはなしに観音様のことを「大観音」と呼ぶようになっていた。

昭和三十五（一九六〇）年を迎え、いよいよ山の上へ尊体を運び上げる日が近づいた。運搬の準備と建立は釜石の鳶職人一行十人に依頼した。機械で小屋から運び出して橇に積み込み、準備が完了した。この橇は巨木を運搬した時の橇を保管しておいたものであった。

いよいよ運び上げ作業の当日になり、山の上に向かって運び上げ作業が開始された。かねて世話人たちに勤労奉仕の人々の募集を依頼しておいたので、待ってましたと言わんばかりに集まった三千有余の人々で、境内は隙間なく埋まっていた。予想を超えてこれほど集まるとは思わなかったと住職は感無量で涙が止まらなかった。

この人出を予想した遠野警察署では、署長・次席以下全員が出動し、署長自らが指揮を執り、人員整理などの応援をしていた。この壮挙を聞いて駆けつけた報道陣も多く、当地としては初めてのラジオでの放送となった。

住職はまず集まった人々に向かって感謝の挨拶を述べ、作業についての細やかな注意点を話した。橇に乗せられていた光背を含めると十七メートルの尊体は、いつも大きな声で音頭を取っていた三浦徳太郎の美声の音頭によって、エンヤサーという勇ましい掛け声とともにするすると動き出した。エンヤサー、エンヤサーと響き渡る掛け声とともに、距離にして約五百メートル、標高差約五十メートルの運び上げのために新しく造られた山坂道を登って行った。その行列は二度と見られぬほどの壮大さを見せていた。

自分たちの運搬の仕事は今日で最後になると思うと曳き手たちの心には複雑なものがあったので、曳く手にも力がこ

大観音を運び上げた坂道。屋根が掛けられたのは後のこと

もっていた。約一時間ほどで予定の位置に到達すると、自然発生的に万歳の声が湧き起こり、全員による声が幾度となく山々にとどろき渡った。この万歳は、住職の熱い思いに動かされ、巨木の運搬から今日までの苦労を身に染みて知っている人々にとって、自分たちの労力奉仕でここまでやり終えたという感慨深いものとなっていた。

翌日から鳶職人による安置作業が行われた。巨木を運搬した時に使用した橇の上に横たわっておられた尊体にお立ちいただくための足場を組み、二本のロープで吊り上げる者、台座の水平を確認する者などと、それぞれに立ち働いていた。尊体は一寸刻みに台座に近づき、台座の上に載せるために少しずつ吊り上げられ、ぶらりと浮き上がった時には、住職は思わずハッとして身のすくむ思いが全身を駆け抜けた。それでも空中に吊られた尊体は少しずつ移動しながら、やがて台座の定位置に直立し微動だにしなかったので、住職はそれこそ大きなため息をついて安堵の喜びに浸った。

尊体に巻いた白晒が外され、厳かな尊体が現れた時には、住職は感激に咽ぶばかりで涙があふれてとどまることを知らなかった。尊体は天下ったように思われ、自分が彫ったとは思えない有り難さに思わず合掌するのみで、感無量そのものになっていた。

この作業の途中で観音様の左手の中指を折るという出来事があった。その時には後ほど接着しておけば良いだろうと軽い気持ちで、中指を大切にしまっておいた。ところが奉仕に来ていた菊池政夫さんが手にケガをした。巨木運搬から始まって初めての事故であり、住職が耳にした次の瞬間にハッと思い出したのは観音様の左の中指のことである。「政夫さんのケガは左手の中指ではないか」と聞くと「そうだ」との答えに驚いた。偶然にも観音様と同じ指であった。

人間ならばすぐに手当てをするが、観音様の指は木であるために一つの物体と考え、生あることに気がつかなかった自分の不徳を懺悔(ざんげ)して、ただちに指の折れ口に真言を書き込み読経し祈念を込めて接着剤で接着し包帯をしたところ、政夫さんのケガも間もなく治った。この奇跡的な出来事に、ただただ驚き畏(おそ)れ、人々は真剣にならざるを得なかった。

翌日から小池さんを中心に風雪を凌(しの)ぐ作業に入った。屋根はトタン板であり、周囲は菰(こも)囲いだけで隙間だらけの仮の簡単なもので拵えたが、何しろ観音様が余りにも大きいので十日もかかってしまった。それでも住職は、観音様の仕上げ彫りをしなければならないし、いつになったら本格的に観音堂を建設することができるのだろうかと現実の問題に直面することになった。

六　雪中苦行

数日後、観音様の前に机が運ばれ、秘法用の仏具一式が揃えられた。次の日の早朝から苦行が始められた。風が吹こうと雨が降ろうと休みなく山の上まで登ることそのものが苦行であり、冬の吹雪の中を長靴で積雪を踏み分けて毎日登るのは苦行そのものになっていた。菰(こも)張りの隙間から吹き込む吹雪は、顔から衣の袖まで真っ白に染め上げ、座禅の膝が埋まることも再三起きていた。耳は痛いし仏具に手が凍りつく、鐘までが手に凍りつくという表現できないような苛酷な寒さが再三襲ってきた。山の上でただ一人、身も凍りそうな寒さと闘いながら観音様と向かい合っての苦行を重ねる住職のお姿を知る人は果たしていたのだろうか。

一冬が過ぎて山々の木々が再び芽を吹き出そうとする頃になると、ノミを手に足場を十メートルも登ったり下ったりと、立ち上がった観音様の仕上げに気が抜けなかった。

ところが思いも掛けずに、観音様の裏山の高くて急なところから雪解け水に流されてきた土砂が観音様の台座を埋め始めた。住職は自然の力を改めて知らされ、苦労してお立ちいただいた観音様がどうなるのかと思い悩んだ。

長い年月をかけて巨木を手に入れたが、運搬に手こずったこともあった。高村先生によきご指導をいただき、夏の暑い盛りでも彫刻を進めてきたなどと、次々と思い返され、このような無残な結果で終わらなければならないのかと思うと残念であり、目からあふれ出るものは止まることがなかった。

それでも雪が解け終わると台座を半分ほど埋めただけで終わったのでほっと一息ついた。住職はまたもや不屈の精神を発揮した。一刻の猶予もできない、仕上げ彫りに邁進したかったが、その前に泥を取り除く労力を費やさなければならない等々と次々に思考を巡らせた。その結果、資金が集まるのを待ってはいられない、何が何でも鞘(さや)

堂を急いで建設するしかないという結論に達した。

菰で囲っただけの未完成の観音様でもしだいに話が広まるにつれ、一目だけでも拝んでみたいとの参拝客が徐々に多くなり、菰の隙間から手を合わせるようになった。菰囲いの中にも間断なく続くので、建設費の足しにしようと十円ずついただくことにして、募金箱と寄付帳を備え付けたところ、人夫賃の支払いにも役立った。

参拝客の中には鞘堂の建設を心配する参詣人もあり、見るに見かねて自分で寄付を集めて持参するなど、各方面から励ましと援助の手が少しずつ届くようになった。しかし、秋になるとしだいに足が遠くなり、冬になると一人も姿を見せなくなった。

厳しい冬では彫刻が思うようにできず、ただひたすらに行法に打ち込み、完成を祈り続けた。

第三章　鞘堂・観音堂建設

一　資金調達

昭和三十六（一九六一）年、発念から十六年が経過していた。二十七（一九五二）年に初斧を入れてからどれだけ年数が経過したことだろうか。それでも観音様はまだ完成せず、今後どのくらいかかるか正確な見込みもない。当然仕上げ彫りは先の見通しがはっきりしなかった。それでも今までの気の遠くなりそうな苦労の連続を乗り越え、さらに前進しようとする住職の信念は消えることがなかった。仕上げ彫りに打ち込むとともに尊体の前で苦行を行う毎日が続いていた。それでも、尊体をお守りする鞘（さや）堂と観音堂をいつ、どのような建物にするのか、資金はどのようにして捻出するのかなどの新しい問題が山積していて悩みの種になっていた。

今までは地域の方々の勤労奉仕と住職の彫刻が中心なので大きな支出にならなかったためにただ一心不乱に彫刻に取り組めば良かったが、しだいに出来上がってくると、鞘（さや）堂や観音堂の建築等々で、莫大な資金が必要であり、どのようにしたら捻出できるかを考えると頭の痛い話になっていた。

そのようなところへ山善さんが訪れてきた。これからは寄付金募集が必要です、そのためには奉賛会を結成して役職を決める必要があるという。

世話人たちの話し合いの結果、沼里末吉先生が奉賛会会長に選出された。住職は観音様彫刻のことで頭が塞がっていたが、各講中の世話人に依頼して御寄付を仰ぐことにした。間もなく案内状を出したが、集まってきたのは予想に反してごくわずかであった。勤労奉仕では多くの人々の参加をいただいたが、金の話になると敬遠されたと思われた。

そのうちに下閉伊郡川井村村長が鞘(さや)堂建設は鹿島建設にお願いしたらどうかとの話を持ってきた。当時の鹿島守之助社長は参議院議員であり、業界では最高の地位についていた。とても及びもつかない方なのであきらめていたのであるが、怖気(おじけ)てばかりではいられない、体当たりでお願いするしかないと上京を決意した。釜石市長に紹介状をお願いして、沼里末吉奉賛会会長を案内役に上京した。

翌日は河村国務大臣、鈴木善幸代議士、田子一民代議士を歴訪した。ちょうどその頃、河村大臣には遠野出身の小原正巳さん、田子代議士のところには昆貞さんが秘書官として勤務していたので、それぞれに面会できるように斡旋をお願いすることができた。

鹿島社長は不在で面会できなかったが、昆貞さんの手配で秘書課長の八角三郎さん宅の訪問ができた。快く歓迎されたが、岩手県下で仕事をしている場合ならばついでにやってあげたいけれど、その仕事だけに経費をかけ大きな機械の移動もできかねる、ということなので厚意に感謝して辞してきた。

三日目の富士製鐵の永野重雄社長訪問には田子代議士自らご案内をいただき恐縮した。永野社長は米国に出張の間際なので、秘書課長に面会し鉄筋の件を懇請したところ、「当方から連絡しておきますので、現地釜石の所長に申し込むように」との有り難い言葉をいただいた。

四日目は昆貞さんのお世話で石田鉄工所に、小原さんのお世話で徳力精工にそれぞれご挨拶に伺うことができた。

このようにして今回の上京により、多くの協力を得ることができたし、思いもかけなかった多額の寄付金もいただけたことは予想以上の大きな力になった。

帰るとすぐに釜石に出かけ、沢田市長にお礼かたがた事の顚末を報告した。また、富士製鉄の釜石の所長に鉄筋のご配慮を願ったところ、当時は鉄筋の高い時代で、市価がトン当たり十一万円のところを、五万円にしていただいたので、必要数量十七トンを購入することができた。

今回の上京により各方面の温かいご理解と援助をいただけたことは大きな収穫であり、観音様に関する今後の進展にとって大きな力となるものとして、関係各位のご厚意に感謝せずにはいられなかった。

鉄筋を手に入れたので次にはセメントの入手を考えていた。寝ても覚めてもセメントのことが気にかかり落ち着いていられなかった。県内では大船渡に小野田セメント工場があるので、製造元なら何とかなるだろうという気がするので、大船渡浜崎の「南部屋」の刈谷半右衛門さんに斡旋の労をお願いし吉日を選んで出かけた。

最初は大船渡市役所を訪れ市長に面会して観音様のことをお話ししてから、目的の小野田セメントの工場を訪れた。社長に面会して事情を詳細に説明した後、セメントの寄付をお願いしたところ、「当社では寄付行為は一切しておりませんし、販売も直接ではなく下請け会社の橋爪商事会社一手のルートで出荷しておりますので、橋爪さんにご相談してください」との話をいただいた。

そこで、すぐにその足で橋爪商事会社を訪れて懇願したところ、「当社は寄付行為はしておりません。そのかわりできるだけお安くなるように原価で必要に応じていつでもお届けします」という厚意に満ちた計らいを確約してくれた。

このようにして各界の援助を確約できたことは、住職にとって大きく前進する希望を与え、勇気百倍の大きな喜びとなった。

二　ブロック工場

観音様を納める鞘(さや)堂の建築は検討の末、コンクリートブロックというものを使えば便利ですぐにでもできるというのでブロック建築に決定し、早速ブロック製作用の砂を手配した。終戦後間もなくの頃、大型のアイオン台風で流されてきたきれいな砂が、猿ヶ石川のほとりの野田渡りというところに大量に溜まっていた。現在では建設用の骨材(こつざい)として砂は貴重品となり、採取には許可が必要であるが、当時はまだ採取する者もなく、むしろ邪魔者扱いにされていたので支障もなく、馬車屋に頼んで必要なだけ運んでもらった。

ところが当時の遠野にはまだブロックがなく、ブロックという便利なよい物があるそうだという噂ぐらいの時だったので、砂は確保してあるのに造れる人がどこにもいない。困っていると小友(おとも)（現・遠野市小友町）生まれの青年が現れ、「私が造った経験があります。やってあげます」との申し出があった。住職は天の恵みだと言わんばかりに喜び、早速造ってもらうことにした。必要な品物を揃え準備万端揃ったところへ、二名の青年を連れてやってきて、ただちに製造の準備に取りかかった。

橋爪商事に電話をすると、できたてのセメントを運んできてくれたので製造開始となった。寺の境内はにわかに活気づき、手作りのブロック工場に早変わりをした。手作業ではあるが懸命の努力により、二ヶ月くらいの間に約五千個のブロックが出来上がった。このブロックの形は現代と同じであったが、現代の規格よりもだいぶ大きい独自の規格であった。

次にはブロックを山上に運び上げなければならない。秋の農閑期を見計らって勤労奉仕をお願いしたところ、毎日、多くの人々が参加し、お祭りのような賑わいを見せて、瞬く間に全部を運び上げてしまった。大勢の力の偉大さと人びとの真心に、自然と頭が下がる嬉しい出来事となった。

観音様は光背（こうはい）を含めると高さが五丈六尺（約十六・八メートル）もあるので、鞘堂（さや）の高さは二十メートルにほど近い高層建築になる。しかも観音様を納めておくだけのものなので外壁と屋根だけの建物になる。しかし、倒壊などの危険があるので、基礎をはじめ、よほど強固な建築にしなければならない。そのためには高度の建築技術が必要になる。誰に依頼すればよいのか皆目見当がつかなかった。

それでも厳しい条件の中での建設業者を依頼しなければならなかった。当時としては高層建築の経験をあまり積んでいない業者ばかりなので、見には来るがみんな尻込みをするばかりで引き受け手がいなかった。強いて望んでも固辞されるばかりで、やってみようという勇者も現れないほどの難題であった。貧乏寺なので不払いになることを恐れて手を引くというのが本音だったのかもしれなかった。

　そのようなところへ鞘(さや)堂建設を心配していた信者の一人が、岩手県では某建設会社が有名だからそこへ頼んだらどうかという話を持ち込んできた。早速連絡を取ったら実地調査にお伺いするという電話が入ったので、嬉しくて心待ちにしていた。約束当日に数人で来られたので、これで一安心との思いで返事を待ったのであるが、なしのつぶてとなった。

　待ちきれずに電話を掛けても要領を得ない話が続いたので、直接出かけていっての話では、金があるのか？　どうやって支払いをするのか？　寄付募金で集まるのか？　などという金の話ばかりになってしまったので、これでは相談もできないと話を途中にして住職は帰ってきた。

三　骨材準備

それでも業者が決まったらただちに工事に入れるように準備だけはしておこうと考えた。玉石、砂利、砂などの骨材(こつざい)を集めておくことが先決となった。早瀬川で砂利取りをしている丸山さんのことが耳に入ったのでお願いをしてみたら快く承諾してくれた。

コンクリート建築には砂、砂利、玉石などの骨材(こつざい)が必要なのは分かるがどのくらい必要であるかの見当もつかず、迷ってはみたが大体の見当で集めておこうと決断をした。

ところが川から境内入り口まで、どのようにして運搬したらよいかが問題になった。苦悩しているちょうどその時に、たまたま遠野交通から「仕事がないので困っているので、何か運搬の仕事でもありませんか」との問い合わせがあった。これは幸いにも観音様がご配慮くださったものと、小型トラックで川から境内入り口までの運搬を依頼した。少しずつでも毎日運搬してくれたので、境内の入り口は砂利や玉石、砂の山で大きな河原のようになってしまった。住職は「塵も積もれば山となる」のことわざはこのことだと思い当たった。

運搬費が心配なので、本堂の前に机を置き寄附帳と募金箱を置いてみたら、支払いに必要なくらいの浄財が入っていたので本当に嬉しかった。

次の問題は現場までの運搬であったが、観音様を運び上げるためのにわか造りの急勾配の悪路を利用するしかなかった。ブロック運搬の時をまねて勤労奉仕を頼んでみたが、重労働であり、人出の割には成果が上がらなかったので断念した。その後は中断してしまい、ただ日数だけが経過していった。

ある日、タクシー会社の社長さんが、進駐軍からの払い下げのジープにトレーラーを牽いて、これで運んであげましょうと言ってきた。ところがトレーラーが重くて坂道を登ることができなかった。そこで、百貫（三百七十五キロ）積みのリヤカーに取り替えてみたら坂道も登ることができたので、数日はそのジープで運び上げてもらった。

これはいいものだ、使い道はいくらでもあるだろうと、ジープは月賦で譲り受けた。それ以後は運転手を頼んで運び上げてもらったが、玉石や砂利などでは重くて重労働になるので長くはやってもらえなかった。次に頼んだ運転手も家事の都合で同じく長続きがしなかった。

住職は、観音様彫刻のお手伝いをしたいといって住み込みで働いていた藤原文雄さんに気がつき、東京の自動車学校に入学させて免許をとらせた。藤原さんの運転で、補助人は信者の中から交代でお願いしたので、重労働ではあるが少しずつ運び、ついに全部を運び終えた。

四　土砂で埋まる

一冬越して、また暖かい春の息吹が戻ってきたと喜んだのもつかの間で、またもや昨年同様に雪解け水によって裏山から土砂が大量に崩れだし、台座ばかりか観音様の足もとまで埋まるようになった。自然の力に対してはなすすべもなく、「ここまで苦労しながらやってきたのに観音様はこのまま埋もれてしまうのか、土に埋もれて朽ち果てしまうのか」と悲痛の叫びを上げるのみで、どうすることもできず、袖(そで)は涙で濡れる毎日が続いた。

それでも住職は立ち直り、鞘(さや)堂建設に向かって果敢に進み始めた。急いで鞘(さや)堂だけでも建てなければとの思いが強くなり、急に元気が出た。「この手でやるんだ」というしっかりした決意とともに、知らず知らずのうちに合掌をしていた。

雪解けが終わるのを待って、崩れた土を取り除く作業に取りかかった。水本源右衛門さんにお願いしたところ、毎日数人がかりで一輪車（ネコ車）やリヤカーを使用して泥を取り除いてくれた。予想以上の土が堆積していたので、作業は二ヶ月もかかったが、予定通りに周囲が広くなり、鞘(さや)堂を建てる敷地を確保することができた。

五　鞘堂建設・水汲み

鞘(さや)堂の基礎工事が始まった。根掘りから始まり基礎コンクリートの打ち込みまでは順調に進んだ。ところが、その後の建て上げ工事が進まないのでしばらく気がもめていた。世話人たちも心配するばかりなので、やむを得ず工事は一応中断して人選をやり直すことにしたが、誰にしたらよいか分からなかった。ある日のこと、畑山清治さんが来て「遠野の鳶職で技のよいのは小松義雄さんでしょう」と教えてくれた。翌日さっそく頼みに行くと二つ返事で承諾してくれたので、ほっと胸をなで下ろした。

吉日を選び着工に持ち込んだら、小松さんは「泊まって働くから小屋を掛けてくれ、夏だからキャンプする程度の簡単なものでよろしい」とのことであった。当時は交通事情がよくないので、遠方から来る者にとっては泊まりがけの方が都合がよかった。小松さんは吉日を選んで部下を連れてやってきた。

早速高い櫓を組み、足場を作って鉄筋を結束し、仮枠を組み立てた。仕事はバケツでコンクリートをつるし上げて流し込むという単純な作業ながらも、仕事は手早く、しだいに高所作業になった。それとともに人手が多くかかるようになったので、補助の人夫を増やして、仕事は順調な進み具合となった。

ところが困ったことが起きた。敷地のそばにあった小さな泉だけでは、コンクリートを練る水が足りないので、水を何とかしてくれとの小松さんからの要望だった。山の上であるからよそから水を引くことは不可能である。井戸屋や電気会社に相談すると、下から山の上までポンプで上げる方法もあるのだが、電気施設だけでも五十万円もするということなので驚いた。人夫賃の支払いができなくなるので、どうしたらよいのか途方に暮れてしまった。鞘(さや)堂建築が始まっているので水のために中断するわけにもいかず、悩むばかりとなった。

困り果てた結果、一日に必要な水の量はどのくらいかと小松さんに相談すると、大体六石(こく)（家庭用ポリタンク六十本）あれば間に合うだろうとのことなので、まず漬物桶の空いているものを集めたり、空のドラム缶を集めたりして六石(こく)の水が入るだけの容器を取りそろえた。ところが誰に水を汲んでもらうかで、またもや悩んだ。頼んでみても水汲みは誰もが嫌がる仕事であった。

途方に暮れてばかりもいられない。住職は、「そもそもの起こりは、発願者が私であるし、大観音建立に起因する仕事はどんどん進んでいるので、水汲みは自分が引き受けます」と言った。六石(こく)の水は「必ず汲んで、この容器一杯にしておきます」と小松さんと約束をした。

毎日六石もの水を確保しなければならない。住職は、毎早朝に池の水を汲み天秤棒にかけて山の上まで運び上げて大量の水を準備しようと決心していた。

翌朝午前三時に起床、裸一貫猿又だけの軽快な「いでたち」で水汲みが始まった。天秤棒の前後に一斗缶一個ずつ、約三十六キログラムをぶら下げて担ぎ、山の途中にある池から山の上に百八段の坂道を三十回登らなければならない。過酷な労働になることは承知の上で、覚悟を決めて二斗ずつ担いで三十回、毎朝六時までにその日の工事に支障がないように汲み上げた。

霊場巡拝の人々がただ一度の登りだけでも難儀する坂道を、二斗の水を担いで登るまさに生き地獄のような重労働であった。高齢の住職の身体にとっては非常にきつい仕事にも拘らず、ついに毎日欠かさず山の上まで運び上げ、その日の分を終わってみれば、よく運び終えたものだとの大きな喜びが疲労感を吹き飛ばしていた。同時に観音様のためにという使命感と体力によって、最後まで頑張り通せたのだと振り返っていた。念願にまた一歩前進した、早く完成させたいとの思いが強くなった。

住職にしてみればこの仕事が最大の苦悩を伴っていた。水汲みは早朝でありまだ参拝客も訪れない時間なので、この事実を知る者はいなかった。それでも終わった時には誰も味わうことのできない格別な大きな喜びとなった。その後、この坂は「煩悩坂」と命名された。今となってはこの池も自然と埋まり跡形もなくなっている。

高さ六十尺の鉄筋コンクリート造りの高層建築が出来上がった。次は屋根である。鉄骨造りと木造の二つの設計が用意されていた。鉄骨は当時の建設ブーム時代で最高の値上がりとなっていたので見

左奥が鞘堂。高さ17メートルの大観音がお立ちになっている

込みが立たず、木造にしたが、その木材も値上がりしてとうてい手が出せない状況になり、またもや苦境に陥ってしまった。

ここでやめるわけにはいかない。万策尽きたので下閉伊郡の佐々木武助さんに応援を求めたところ、「俺もいま金の都合があるので木材で寄付します」という有り難い返事が届いた。貨車一台で送られてきた木材は実に立派な杉の木で、小躍りするくらい嬉しかった。ただちに移動機沢村製板によって製材し、善太郎棟梁によって屋根を完成させることができた。

これで観音様は風雪をしのぎ、土砂に埋まることがなくなった。住職は、これまでの長い年月の中には様々な辛苦があり、人々の温かい援助があったことをしみじみと感じ、観音様と鞘(さや)堂の完成に安堵の喜びで一息ついていた。

六　観音堂建設

続いて観音堂の建築に着手した。構想は出来上がっていたのであるが、木材の調達から始めなければならなかった。

住職は毎年類家源右衛門さんの案内で大出山国有林へ茸採りに出かけるのを楽しみにしていた。類家さんはもと営林署の仕事をしていたので、大出山の地理に明るく茸採りの名人でもあった。木の種類をはじめ、どこに何の木があるかということまで熟知していたので、ある時「けやきのたくさんある場所を知っているが、恐らくこれは営林署内ではだれも知った人がいないはずだ」とのことで、そこへ案内してもらい確認し、そのけやきの払い下げを営林署に申請した。時の遊坐所長は、署内ではまだ調査したことのない場所で誰も知らぬ木だというので、早速課長以下十人ばかりを引率して調査に赴きその事実を知ると、おかげで教えてもらったと大喜びで、必要の際には必ず払い下げしますという有り難い返事を得ていた。

この話はまだ観音様の彫刻中のことで、ただ将来において観音堂を建てる場合に欲しいと思っただけのことで、すぐには必要性がない時であり、払い下げがあったとしても運搬が不可能な場所であった。

あれから十年以上の歳月が流れていた。所長も三代くらい替わっていたし、時代の変遷もあったので、あるいは不可能ではないかなどと内心憂慮しながら恐る恐る払い下げの申請を再度提出したところ、思いがけなく、快く払い下げが許可された。しかも所長さんの言うには、この木は遊坐所長から代々申し送りになっていて、福泉寺に払い下げすることになっていたということであり、十年以上前の話が今ここで役立ったと思うと、涙が出るほど嬉しかった。

十年前では搬出が不可能な山林も、必要に迫られた今になってみると、林道がそばまで開発されていて搬出には好都合になっていた。伐採するとすぐに自動車に積み込みのできる最も好適地になっており、伐採・運搬ともに楽に作業ができる。けやきの大木三十本、土台用の栗の木二十本の払い下げを受けた。

それでも柱の用材が不足していたので、別に土淵（つちぶち）の地でヤチタモ三十本の払い下げを受けたが、道がなく運搬が至極困難な場所なので、奉仕隊を百人ほど募集して作業に当たったが思うようにはいかず、中止せざるを得なかった。

季節は雪解けに近く最も悪い時期なので、やむを得ず山に集材しただけで積んでおき、一年間待って翌冬に寒中を期して運搬を開始した。まず数人の人夫で雪道を作り、橋は雪で造って水を掛けて凍らせ、舗装したような立派な道路ができた。

力自慢の荒熊という田舎相撲の関取に依頼すると、一人で橇（そり）に乗せ自動車の入るところまで三日で搬出してしまった。百人でできなかった作業を一人で終わらせたことを、身をもって体験し、運が良かったことに感激を深めるのだった。

雪も解け道路の乾くのを待って、阿部産業や東光自動車に協力してもらって木材を運搬すると、広い境内も木材が山積し、あたかも木材工場のようになった。柱や土台の用材は充分に用意されたが、上材の桁（けた）・梁（はり）・棟木（むなぎ）等の特殊材が不足していたので、千葉さん、菊池さんなどに懇請して譲り受けた。

次は資金の調達である。寄付金の募集を各町の世話人に依頼する一方、岩手銀行、北日本銀行、釜石信用金庫等に建設費の調達をお願いしたところ、いずれも快諾し協力的厚意をもって貸与していただいた。

いよいよ観音堂建設である。整地と基礎は松重建設にお願いした。建築は佐々木松太郎棟梁と相談し引き受けていただいた。その時、宮大工の大棟梁を頼んでほしいということなので、当山の開山当時に本堂を建築した小原朽山先生の令息で宮大工として有名な小原喜蔵先生をお招きし、その一門全員が来山することになったので、松太郎棟梁と協力して着工の運びとなった。

この一門は兄弟・従兄弟・親類同士で宮大工としての技を磨き、彫刻までの一切を一族でできるので、何らの憂いもなく、安心して完成を待てばよかった。

着工以来三年で期待通りの観音堂がついに完成した。昭和二十（一九四五）年に大観音建立を立願してからどのくらいの年月が経過したのであろうか。大観音建立については、ただ完成させたい一念で種々の困難を克服しながら取り組んできた。最初のうちは冷笑され罵倒もされたが、それがみな発奮の原動力となったし、何事も恐れぬ勇気となり努力の原動力となった。その結果、長い年月を経た今日になってやっと落慶大法要を目前としたこの思いは、他人では到底味わうことのできないものとなっていた。

あとは落慶大法要をどのように行うかを考えるだけになった。それだけに今までの艱難辛苦を思い起こした住職は、一人感涙に咽(むせ)んでいた。

七　福徳十一面観自在菩薩

住職はこの観音様が出来上がるまでには、必ず日本経済が世界第一に成長し、日本国民が世界第一の文化人として尊ばれますように、と念願して行法を続けながら謹刻に励んできた。

観音菩薩は、お姿を聖観音、千手観音などに自由自在に変化させてあらゆるところへ現れることができ、人々の声を聞いてその苦悩から救うという慈悲深い菩薩である。宗派の枠を越えて広く信仰され、人々に愛されている菩薩であり、人々の苦しみの声を聞いてその人に合った手を差し伸べてくれる仏様である。

左手には不染不着の清浄なお心を顕わす蓮華(れんげ)瓶を持ち、その中には功徳水という使ってもなくならない水が入っていると言われ、右手には錫杖をお持ちになっている。眼は半眼でやや下向きのやさしいまなざしで我々を見守ってくださっている。住職が長い年月をかけて彫り上げた大観音菩薩像は十一面観音菩薩であり、頭上には七福神を含めた十一面が載せられている。

住職は、敗戦の結果、武器を持てなくなった日本は経済一本で立ち上がらなければならない。それには世の中が福徳円満でなければならないと考えていた。それ故に、一般的な十一面相とは異なり、平和を象徴する七福神の面相を取り入れた十一面相としたので、単なる十一面観音菩薩像ではなく福徳の文字を入れ、日本ではただ一体だけの福徳十一面観自在菩薩と名付けられた。

この観音像が出来上がるまでには必ず日本経済が世界第一に成長し、日本国民が世界第一の文化人として尊ばれるようにと念願し、住職は行法を続けながら最後の仕上げ彫りに挑んでいた。

八　完成

『やっと終わった』

住職は最後の金粉を塗り終わり筆を静かに置いた。ほっと一息ついた時には、完成したという喜びが泉のように湧き起ると同時に、今までの長い年月の間、大観音建立という大きな念願と裏腹になっていたけた外れの重圧から解き放たれた実感を心から感じていた。

脳裏には様々な想い出が駆け巡り始めた。

昭和二十（一九四五）年、戦後の混乱した世の中で戦没者供養、日本再建、世界平和を願い、四十三歳で大観音菩薩像建立を思い立ち、苦労の連続の末にやっと完成した時には、二十年の長い年月が経過していた。

出来上がった福徳十一面観自在菩薩は、木像では日本一の十七メートルの高さがあり、人々を救うやさしい眼で見下ろしていたし、均整の取れた全体像は見る者を圧倒する重厚な雰囲気を醸(かも)し出していた。さらに我々に福をもたらしてくださる頭上にある小さな七福神も、静かに見下ろしている。

早瀬橋通過などの巨木運搬作業に手弁当で参加してくれた地域住民たちの顔々。仏の心を知っているおまえが彫るのが一番いいだろうと教示くださった高村光太郎先生の顔などが、次々と眼前を通り過ぎていった。

基礎のコンクリートを練るための水を、自身で運びあげた重労働に身を置いたことなどの数々の想い出とともに、資金調達のために地元でのわずかな手がかりを頼りに足を運ぶこともいとわず、遠く東京まで足を伸ばして協力を願い歩いた日々がついきのうのように浮かび上がるのであった。

三百反の白晒(さらし)を巻いた粗彫りの大観音菩薩像は、駆けつけた多くの信者たちによって新しい急坂の道を運び上げられ、職人たちの手でやがて台座の上にお立ちになった。白晒（さらし）を外された大観音像はまだ大まかではあるが、そのすがすがしいお姿は、運搬に参加した人々をはじめ、これまでに苦労してきた人々たちの心を打つ迫力が充分に漂っていた。人々は、知らず知らずのうちに手を合わせていた。同時に、住職のここまでの努力にも改めて最大の敬意を表していた。

住職は菰（こも）を掛けた仮小屋を建て、雨露を凌（しの）ぎながら仕上げ彫りに取り組んできた。足場を組み、一日に何回も昇り降りを繰り返し、遠くから眺めてはお姿を確認しながら少しずつ彫り進んできた。夏の暑さでは大量に吹き出る汗が眼に入り視界を妨げ、冬の寒さでは手がかじかみ思うように仕事がはかどらない日が続くこともあったが、住職の熱意はそれを上回り、暑さ寒さも感じなかった。

毎月一週間の断食を繰り返しながらの彫刻は、熱病にでも取り付かれたかのような住職の手によって少しずつ彫り進められた。一日の細かな仕上げ彫りはほんのわずかで、傍目にはどこを彫ったのか全然分からなかったが、やっと完成したのは彫り始めた時から数えて十七年目であった。その間の一週間ずつの断食・行法は、偶然にもお釈迦様の頭にある螺髪（らはつ）百八個に近い回数であり、苦しい苦しい年月であった。

極寒の中で巨木運搬、鉄路を横切る作業、早瀬橋での決断、苦労した彫刻などと、長い年月の中で起こった想像を絶する様々の苦しかったことどとが、今は懐かしい想い出として変わっていくのを住職はしみじみと感じていた。完成した大観音像を眼の中に入れながら、この老齢でよくもこれだけ長い年月を頑張り通すことができたものだと、改めて認識していた。

ここまでこれたのは多くの地元住民たちの心からの絶大な支援があったからこそだと、感謝の念が湧き起こるのを抑えきれなかった。住民たちもこの日がくるのを今日か明日かと首を長くして心待ちにしていたので、朗報はたちまちのうちに伝達され、お互いに大喜びを分かちあっていた。

住職にとってはこの大きな重要な日にあたり、目の前にしたたたり落ちる何ものかを抑えるすべの何ものも持ち合わせていなかった。

九　落慶大法要

昭和四十（一九六五）年十月十七日、厳かに落慶大法要が営まれた。法要は摺石宥然住職を中心に近隣の寺院の僧侶も多数参加して厳修された。それは大観音菩薩像の開眼とはいうものの、住職の長きにわたる執念と努力を顕彰するかのような雰囲気でもあった。

戦没者慰霊のために、総勢約三千余名の住所、氏名、年齢、戦没地など、住職自らが筆で記した絹布が胎内に納められた。

困難を乗り越えて巨木の運搬に携わった人々をはじめ、様々な人々の支援を受けて完成した福徳十一面観自在菩薩像はここに名実ともに世の中に披露された。参集した人々は、高齢にもかかわらず最後まで尽力を惜しまなかった住職に最大限の祝福を贈った。発念してから二十年、住職は六十三歳になっていた。

観音様の高さは十七メートル、お顔の長さは二・四メートル、重さは二十五トンという大きさは、拝観した者の眼を見張らせるに十分であった。それもそのはず、一木造りの仏像としては日本一の高さであり、地元では大観音と呼ばれるほどの十分な大きさを示していた。光背（こうはい）を背にした大観音は穏やかなお顔で人々を見下ろしているので、その高貴なお姿に誰もが心を洗われ、自分は生まれ変われるのではないかとの思いで自然と手を合わせたくなっていた。

　住職は、戦時中に戦没者の慰霊のために行法を開始し、終戦になると、戦没者の慰霊を発展させて大観音を建立したいと巨木を探索し、運搬途上では巨木が堀に落ち込んだり、踏切で大頓挫をしたり、早瀬橋では通行許可が出ないために

観音堂。左奥は多宝塔

生死をかけた大決断を迫られるなどの大きな困難を乗り越えてきた。高村光太郎先生には自分で彫らなければ意味がないとの教示をいただき、彫刻の素人（しろうと）が巨大な観音様に挑戦し、苦労の末に完成して今日の落慶大法要に至った二十年間の数えきれない困難が目の前を往来して感激に咽（むせ）ぶばかりであった。

住職は、ここまでやってこられたのは地域住民の心からの援助があったからであると強く感謝しながら法要を行い、これで、戦没者慰霊、日本再建、世界平和の三題の実現に一歩近づいたとの喜びで一杯になっていた。同時に、今までの緊

観音堂内部。中央奥に大観音がお立ちになっている

張がしだいに解きほぐされていくのを十分に感じ取っていた。

大観音菩薩像の完成は地元住民が首を長くして待ち望んでいたものであり、新聞でも報道されたので、開眼法要の日には三万人の遠野町の人口をはるかに上回る三万五千人が、各地から祝福のために駆けつけていた。遠野町としてはいまだかつて見ることができない驚異的な人出となった。遠野駅から福泉寺までの約八キロメートルの道は、一日中人の波が引きも切らずに流れていた。福泉寺の境内はお参りの人々によって完全に埋め尽くされ、一日中途絶えることがなかったので、堂内は線香の煙で見通しがきかなくなっていた。

十　戦艦大和

住職が発願した理由の一つ、戦没者慰霊をどうするかが問題になっていたが、手元にある戦没者の名簿を白布に一名ずつ書き上げ、胎内に納めることで解決した。

それとは別に太平洋戦争では想像もつかないほどの大量の戦没者を出したのは事実であった。特に「戦艦大和（やまと）」の約三千人もの乗艦者が一瞬にして犠牲者となったことを知った住職は、どうしても慰霊したいと考えていた。

「大和」は昭和十六（一九四一）年十二月に完成した全長二百六十三メートル、七万トンの巨艦で、日本の造船技術の粋を集めた世界最強の戦艦であり、絶対に沈むことはないと信じられていた。

昭和十七（一九四二）年二月には連合艦隊の旗艦となり、五月には山本五十六海軍大将を指揮官として数度の海戦に参加した。しかし、昭和二十（一九四五）年ともなると米軍の攻撃は一段と激しさを増し、日本本土も各地で大型爆撃機による空襲を受けるようになっていたし、軍艦も次々と犠牲になり、沖縄には米軍が上陸するまでになっていた。戦況が厳しくなり「大和」には米軍から沖縄を守備するために特攻出撃命令が出され、巡洋艦「矢矧（やはぎ）」、駆逐艦「磯風」など多数を率いて沖縄方面に向けての出航となった。日本の劣勢を挽回する決死の覚悟で約三千三百名ほどが、有賀幸作艦長とともに「大和」に乗り組んでいた。

二十年（一九四五）四月七日、沖縄まではほど遠い鹿児島県の大隅半島南西の洋上に到達した時に、米軍の航空母艦から発進した航空機三百数十機による波状攻撃を受け、世界に誇る不沈戦艦「大和」は、国民の期待とは裏腹にあえなくもその巨大な姿を四百三十メートルの海底に没してしまった。「大和」の乗艦者は三千三百三十二名、犠牲者三千五十六名、生存者二百七十六名とされている。この時には他にも巡洋艦一隻、駆逐艦四隻が沈没し、ほかの艦も被害を受けているので、犠牲者数はさらに膨大な数字になっていた。想像もできないような数の犠牲者が一瞬にして出たことを知り、どうしても法要をして差し上げたい、そのためには犠牲者の名前だけでも知りたいと、常にそのことを住職は考えていたが、地元では名簿を手に入れる手立てはなかった。

大観音菩薩像が出来上がって間もなくのある暑い日、観音堂を訪れた紳士ご夫妻があった。紳士は白髪であり、大観音の前で深々と頭を下げていた。観音堂の売店に勤務していた住職の奥様の目を引きつけ、この方には何かがあるに違いないと感じさせた。お参りを済ませた紳士は当然のことのように奥様に近づき、大観音菩薩像についての由来などを尋ねた。いわれを説明する中で、住職が「大和」の戦没者の名簿を探していることが話題になったところ、住職にお会いしたいとの申し出があった。住職に面会しさらに詳しい話を耳にした紳士は、住職様のお手伝いをしたい、「大和」の戦没者名簿は引き受けましょうと即座に約束をした。この方はＮＨＫの三宅様であった。

それから間もなくの頃、これからそちらにお伺いしたいと紳士からの電話が届いた。紳士は「大和」戦没者の全名簿を持参していた。名簿を手にした住職は涙を流さんばかりの大喜びとなった。

それからの住職は「大和」の戦没者の名簿を絹布に書き込む毎日となった。約三千余名の氏名を墨、筆で絹布に書き込む作業は腕が痛くなり肩が凝り、目はかすむので時間がかかるばかりで、遅々としてはかどらなかった。それでも一人ずつ心を込めて絹布に記された「大和」の戦没者名簿は、念願通りに大観音の胎内に納められた。「大和」の戦没者はこれによって本当に安らかに成仏したことであろうし、住職としても戦没者慰霊という長い年月にわたっての念願を成就したことになった。周囲の人々にとっては決して計り知ることのできない大きな満足感を心に満たしたことだろう。

このことをきっかけにして、住職と紳士は親戚以上の付き合いをするようになった。紳士は何度も福泉寺に足を運ぶようになり、次の日にお帰りになることもしばしばであり、二人の仲は住職が九十歳で遷化（せんげ）するまで続き、住職の七回忌にも御霊前にお参りを続けていた。

また、それとは別に、夏休みになると一人の大学生が決まってお参りに来るようになっていた。それがぷっつりとお見えにならなくなった。

宥然（ゆうねん）住職が高齢となり日赤病院に入院した時のことであった。現住職の奥様が診察室に入った時、直感でどこかでお会いしたことのあるお顔だなと思った。医者の方でもびっくりしていた。大学生の時から十年以上経過していたがお互いの記憶に残っていた。その時には日赤の部長さんを務めており、それ以後親戚のような付き合いをするようになっていた。

第四章　宥然住職のその後

一　宥然住職の念願

摺石宥然大和尚は明治三十五（一九〇二）年にこの世に仲間入りをし、十八歳で出家得度、三十歳で福泉寺の二代目住職となった。第二次世界大戦中には、出征兵士のための武運長久を祈ることに明け暮れる毎日が続いていた。しかし、昭和二十（一九四五）年終戦となり、社会の情勢は一転し混乱の中に突入した。あまりの変化に途方に暮れた生活の中から立ち直り、戦没者慰霊、日本再建、世界平和を三題とし、大観音像を彫り安置することによって少しでも平和に近づけようと発念した時は四十三歳であった。

大木を探すために東奔西走して手に入れたのは、神聖な巨木であり、想像をはるかに超えた千二百年余という年輪を数えることができた。一年では一番寒い雪の中で、時間と闘いながら線路を痛めずに巨木を渡すのに苦労し、さらに早瀬橋の重量制限に阻まれ、橋を落とさないで渡すために捨て身の覚悟を決めるなど、苦難の連続の末にやっと境内にまで運び込んだ時には五十歳にもなっていた。

彫刻師を探し歩くうちに、かの有名な彫刻家、高村光太郎先生に出会い、「彫刻は下手でも仏の心を持っている者が彫るのが一番である」という教えをいただき、一念発起して自分で彫ることを決意した。

住職は第二次世界大戦時代には毎月一回一週間の断食行法を続け、出征兵士の武運長久を祈り続けてきた。終戦となり戦没者慰霊をするとともに日本の再建と世界の平和を祈願することを発念してからは、毎月一週間、時には三週間や四週間の断食と、三時に起きての水垢離（みずごり）をはじめ、多くの行法を欠かすことなく実行していた。寒中に氷を割って水を浴びる苦行は、五十路を超えた身には非常につらかった。さらに、大観音の彫刻は想像以上に厳しい苛酷な毎日が連続していたが、一生かかってできなければ生まれ変わってでも成し遂げるという信念でついに大観音を彫り上げた。彫刻だけでも十三年間をかけた高さ十七メートルの大観音、さらに鞘（さや）堂、観音堂を完成させ、胎内には第二次世界大戦での戦没者約三千名を記した絹布を納めて落慶大法要を厳修したのは昭和四十（一九六五）年であり、続いて念願の戦艦大和の戦没者名簿を胎内に納めることができた。住職は六十三歳になっていた。

思えば大観音誕生に向けての二十年という永い永い年月が経過していた。その陰には住職の信念を理解し、こぞって協力を惜しまなかった何千名という地元住民たちがあったことを忘れることはできない。住民あげての協力と応援を背景に、自らの手で日本一大きい木彫りの大観音を彫って建立するという、世紀の大事業を成し遂げたことは、永久に残る出来事になっていた。

二　衰えを知らぬ活動力

大観音のお披露目が終わったからといって、そこで一生の仕事が終わったと思うような住職ではなかった。これからが仕事の仕上げに入らなければならないので気が抜けなかったし、それだけの活力を維持して休まずに行動を起こしていた。主な要点を拾ってみると次のようになる。

まず最初に本堂と庫裏(くり)の大改修を行った。大観音建立に精力を使っている間にどちらの屋根も大きく傷み、雨漏りがする状態になっていたので大改修になった。続いて、観音堂と本堂に勾欄（こうらん）を設置して参拝客の安全を確保した。

四十二（一九六七）年　庫裏（くり）の屋根の大改修を行い、さらに参拝客のために築庭を行った。桜やつつじなどの庭木は、以前から何年も掛けて少しずつ挿（さ）し木や実生（みしょう）で育てておいたものを利用して体裁を整えた。

四十三（一九六八）年　大観音参りや霊場巡拝者も多くなってきたので、歩きやすいように表参道の大改修を行った。

四十四（一九六九）年　二階建てを建築し、大勢の参拝客のために一階を受付とし、二階は護摩（ごま）堂として体裁を整えた。時間の余裕ができたのでお礼参りとして四国遍路を行った。

四十五（一九七〇）年　当山鎮守の愛宕堂を建立した。西国三十三番巡礼を行った。護摩（ごま）堂から大観音堂までの、大観音を曳き上げた坂道五百メートルに鉄骨で屋根を掛け参拝客のための便をはかった。

四十六（一九七一）年

四十七（一九七二）年　大梵鐘を購入し鐘楼（しょうろう）堂を建立した。

四十八（一九七三）年　一度くぐると厄難を除くという竜宮城型の山門を建立した。

四十九（一九七四）年　世直し祈願として自身で彫った仁王像二体を仁王門に納めた。

五十一（一九七六）年　次の大仕事である多宝塔の建設に取りかかった。用材の手配から完成まで、またまた忙しい毎日になった。

五十七（一九八二）年　多宝塔の落慶法要挙行。内部には五大尊明王と四天王が奉安された。併せて当山開創七十周年記念、大観音建立十七周年記念大祭を行った。


などと、休む間のない日々を精力的にこなしているうちに八十歳を越えていた。

三　福泉寺参詣

福泉寺は、遠野駅から北方約八キロメートル余、車で約十五分ほどの小高い山の麓にある。

大駐車場から、一度くぐると厄難を除くという竜宮城の門を思わせるような彩色された山門をくぐり、松並木の中の、二百メートルもあろうかとも思われる直線の参道を歩くと、夏には睡蓮(すいれん)が咲き誇る池に囲まれた仁王門にたどり着く。柱は朱で彩られ品格のある門の両袖には大きな梵字を見ることができる。

内部には混迷した世相をはかなみ、世直しの祈りを込めて苦行を続けながら、住職が自ら彫り上げた二体の仁王像が安置されている。受付を済ませそのまま進むと庫裏(くり)、本堂に至るが、ここまでたどり着くだけでも総面積が東京ドームの四倍以上もある境内のほんの一部である。

本堂でお参りを済ませ、右手の山道に入ると、桜、つつじ、山野草など季節ごとに趣の異なる花々で参詣者は歓迎されて、大観音が安置された観音堂に向かうことになる。

途中、杉の美林を目にしながら厄除け坂にたどり着く。男厄除け坂、女厄除け坂と名付けられた石段が続き、少しきついが登り切ると等身大の厄除け観音像がお迎えし

風景に溶け込む山門（上）と住職が彫った仁王像が安置される仁王門（下）

てくれる。そこからなだらかな坂道を少し歩くと、すぐに観音堂が目の前に現れる。蓮池に架かる朱塗りの太鼓橋を渡り堂の中に入ると、十七メートルの金色燦然（さんぜん）と輝く大観音が目に飛び込んでくる。地元住民の協力により住職が二十年の歳月を掛けて彫り上げたものであり、その大きさには誰もが圧倒されるであろう。高貴なお姿、穏やかなお顔、洗練された腕と指など、いずれをとっても見る者にとっては非常に印象深い感激が湧き起こり、自然と手を合わせたくなる。大観音の由来とともに一生忘れ得ない思い出となることであろう。

　堂の左手にある多宝塔は、北方領土返還を宿願として昭和五十七（一九八二）年に完成し、五大尊明王と四天王が安置されている。お帰りには、多宝塔にお参りをし、上りとは別の屋根のかかった道を下るとよいだろう。この坂道は、大観音像を運び上げた約五百メートルの道であり、現在では屋根がかけられている。大観音が登った道ではあるが、逆に坂を下ることになる。

　途中には五重塔があるので参拝するのもよいだろう。下ること約十分余、ゆっくりと一時間半の一周が終わる。

これとは別に、一周する道の両側などには、諸処に四国八十八ヶ所観音霊場が一番から順序に安置されているし、西国三十三番観音霊場などの石仏が、併せて百七十体もあるという。熊野三社大権現の石碑や稲荷大明神などもあるので、探しながら歩くのも一興であろう。

このほかにも重要なお経を収蔵する経蔵堂、五代尊明王と四天王を祀った愛宕堂をはじめ、住職が護摩（ごま）を焚き祈願をする護摩（ごま）堂、鐘楼（しょうろう）堂、毘沙門堂などと通り過ぎるだけではなく、一つ一つじっくりと見るのも趣のある歩き方になる。

なお、観音堂まで車で上ることもできるので、ぜひ利用していただきたいものである。

四　お花見

時代はちょうど戦後の観光ブームになりつつあった。北上山地のほぼ中央に位置する遠野の福泉寺には新しい大観音とお花があり、特に桜の季節、つつじの季節ともなると、多数の観光客が訪れるようになった。「花見は福泉寺で」がしだいに定評となり、遠く釜石方面や盛岡方面からも花見客がどっと押し寄せるようになり、いつのまにか観光名所になっていった。あふれる花見客は境内は勿論、庫裏にまで上がり込み一日中楽しんで帰るようになっていた。

現在の福泉寺は、大観音をはじめ野外にも多くの仏像があり、平和な心を育むようである。加えて春の桜、つつじをはじめ小さな山野草に至るまで、四季に合わせてそれぞれに醸（かも）し出される情景があり、参拝客は心の奥底まで澄み切っていくのを感じ取ることができる。

これらの花木をはじめ松・杉などは、住職が折を見て実生（みしょう）や挿（さ）し木などで少しずつ増やして植え、手入れをしてきたもので、可愛い孫のようなものであっただろう。住職のこのやさしさを心に刻んで帰路につくことにしよう。

五　大往生

強固な信念を持って、生あるうちは休むことのない厳しい生活の中で、大観音建立に情熱を捧げた摺石宥然大住職は九十歳の平成四（一九九二）年六月四日に遷化（せんげ）され、福泉寺境内に静かにお休みになられている。

合掌

終わりに

私が大観音に初めてお会いしたのは平成九（一九九七）年九月十日であった。朝に起きてからいつものように、天気がいいのでドライブでもしようか、と軽い気持ちで妻を誘って出かけた。行き先はこれまた気まぐれである。仙台で高速道に乗ってから、遠野物語のカッパ淵にはまだ行ったことがなかったねと、遠野行きが決まった。柳田国男の『遠野物語』は知っているのだが現地に足を踏み入れたことのなかった二人は、わくわくした気分で車を走らせた。

昼近く、直ちに観光案内所に向かった。知らない土地を訪問する時のいつものパターンである。そこで大まかな情報と、観光案内書を手に入れれば準備終了である。あとは巡回する順序であったが、案内所での一言「日本でも有数な大きな観音様がありますよ」に魅惑を感じた二人は一路福泉寺へと向かった。

大駐車場で車を降り、竜宮城を模した山門をくぐり、長い参道を歩いた。松並木の雰囲気が良く、距離を気にせずに二百メートル先の仁王門にたどり着いた。

拝観料を納め、大観音までの長いコースをゆっくりと登り、観音堂に足を運んだ。入った途端に大観音に目を奪われた。高さ何メートルになるのか分からなかったが、十数メートルはあるかと思われるほど高い仏様であることが第一印象になった。木彫であり、お顔の美しさ、全体の彫りの素晴らしさなどなど、しばらくの間は動くこともままならずにその場に立ち尽くした。

なぜ、このような大きな観音様が遠野に存在するのかが大きな疑問になったのは当然である。堂内を見回すと片隅に売店があり、ご婦人の存在に気がついた。お聞きすれば何かが分かるだろうと、お尋ねして親切な説明をいただいた結果、終戦後に戦没者の慰霊のために、四十三歳になる二代目の住職が自ら苦労しながら原木を探し始め、長い年月を掛けてコツコツと一人で彫り上げ、昭和四十（一九六五）年、六十三歳の年にやっと落慶大法要を行うことができた大観音であることが分かった。

原木探しから始まり、運搬、彫刻、堂塔の建築など、あらゆることに挑戦し、重なる困難を克服しながら二十年の年月を掛けて建立したこと、さらに、戦艦大和の戦没者の慰霊にも心を砕いていたとのお話もいただいた。結局、遠野物語探訪は見送っても、満足しながら帰路についた。

帰宅後にも観音堂でご婦人からいただいたお話がどうしても頭から離れなかったので、売店で買い求めた住職の著書に目を通すとともに、忘れないようにするためにパソコンに向かい要点を十頁ほどのメモにしてみた。ところが、お聞きしてきた話だけでは満足できなくなってしまった。

どうしてももう少しお聞きしてみたいとの希望が強くなったので、電話でお願いし、正全(しょうぜん)住職様から詳しくお話をお聞きすることにして、十頁ほどのメモを手にして九月二十九日に再度訪問した。

庫裏(くり)に案内されてまずびっくりさせられたことは、住職様の脇に座っておられたご婦人が、前回に観音堂の売店で親切にご説明くださった方であり、住職の奥様であった。歓待を受けながら様々なお話をお二人からいただき、先代住職の人となりや、戦後の四十三歳の時から、戦没者の慰霊のために、苦労の上にも苦労を重ねたお話などをお聞きすることができ、喜ばしい限りとなった。

その後数回の福泉寺訪問、花巻の高村山荘や記念館訪問などをするうちに大観音の存在が私の心に及ぼす影響が大きいことに気がつくようになっていた。それとともに、住職の戦没者慰霊への思いが強く、住職一人で大観音を制作中に遭遇した困難や、実現するための何年にもわたる想像を絶する絶食や苦行の連続などが、いつのまにか埋もれてしまっているのではないかと気がかりになってしまった。

同時に特筆すべきは、住職の熱意に応えて、長期間にわたり延べ数万人の地域住民たちが、自らの意思で総力を挙げて労力奉仕に参加したことである。何がそうさせたのか、住職の熱意と住民との間の絶大な信頼関係はどのようなものだったのかなど、改めて考えなければならないことに気がついた。

これらの事実を何らかの形で残しておかなければ、いずれ住職の信念や努力が忘れ去られていくのではないかと気になった。できるだけ詳しく書き残すのが最善ではないかとの思いで初めてのペンを執り、つたない文章に挑戦してみた。今となっては宥然住職から直接お話をお聞きすることもできず、資料も殆ど残っていなかったが、わずかばかりの資料を参考に構成してみた。

民話のふる里遠野、あまりにも有名になっていた。しかし、今ここにもうひとつの大きな話題を投げかけることを私は提案したいと思っている。それは、「住職が自ら彫った　遠野大観音」の話であり、遠野の地に後世まで残しておくだけの十分な価値があると私は思っている。しかし、取材不十分なために内容不足の部分が多々あることや、文章の構成力不足などがあるので、ご容赦くださるようにお願いいたします。なお、年月については資料不足のため確定できず、推定になったものも多く存在していることもご了承いただければ幸いです。

原稿作成にあたっては、大観音を直接手がけた宥然（ゆうねん）住職についての資料や話題などを提供くださった福泉寺の正全（しょうぜん）住職様および奥様には、深く感謝を申し上げます。

令和六年七月

櫻井一郎

【巨木運搬年表】

昭和二十五（一九五〇）	石上神社のご神木　赤松の巨木を譲渡される
昭和二十六（一九五一）	秋　赤松の巨木を伐採
	約一週間を掛けて道路側まで搬出
昭和二十七（一九五二）	
一月六日	運搬作業準備開始
一月十日	運搬作業開始　無事故祈念
	専門職十名　奉仕人約二千五百人
	掛け声を掛ける者あり、地鳴りを上げて走り出し堀に転落
一月十二日	夜　曳き上げに成功
一月十四日	運搬再開　小さな橋の手前で動かない

一月十五日	御神酒を配ったら動きだした　中間点砂金沢まで 旧大晦日　雪が解け出しストップ 中学生の応援を乞う
一月十六・十七・十八日	指揮者が巨木の上の前後で手旗　綾織駅が見える所まで 旧正月で休み
一月十九日	旧正月四日　運搬再開 踏切通過問題で保線区長から叱責を受ける 線路に雪をかぶせて無事通過　綾織駅まで
一月二十日	日通では本社から「全面的に協力せよ」との電報あり
一月二十二日	検査区長に相談　巨木なので鉄板車の貨車では危険、木製車に申請し直し　綾織駅長が手配
一月二十三日	大型木製車二両到着の電報あり 積み込み作業

一月二十四日	綾織駅長英断・黙認で遠野駅まで輸送 福泉寺までの搬送について警察の協力を要請 自動車業界には一日の休みを願う 道路使用は早瀬橋の重量制限超過のため不許可 早瀬橋は重量制限超過で危険であるのを承知で、道路使用許可なく遠野駅を出発 住職は橋が落ちたらその時は……との重大決意を固める 早瀬橋は無事通過 途中で動かなくなる　御神酒で元気回復 奉仕人二千五百人　福泉寺入り口まで この日の気温零下二十四度
一月二十五日	巨木は無事に謹刻所に到着　午後二時頃

※巨木運搬日には毎日奉仕人と応援者で千五百人以上。早瀬橋を渡る時には三千人もの人々が参集。

【摺石宥然住職年譜】

和暦	西暦	年齢	記事
明治三十五	一九〇二	〇	岩手県下閉伊郡小国村に摺石国次郎　後の摺石宥然生誕
大正元	一九一二	十	佐々木宥尊、福泉寺を開山
七	一九一八	十六	国次郎、福泉寺の初代住職宥尊の徳を慕い入門
九	一九二〇	十八	**国次郎・得度し尊良坊宥然と改名**
昭和元	一九二六	二十四	四国八十八ヶ所霊場尊体を三年がかりで配置
二	一九二七	二十五	東京市内数ヶ所で勉学・秘法の伝授を受ける
四	一九二九	二十七	宥然・四国遍路七十五日間
七	一九三二	三十	恩師佐々木宥尊遷化 **摺石尊良坊宥然が後継二代目住職となる**

八	一九三三	三十一	宥然・釜石で教化活動中、三陸大地震大津波を目撃、救済に全力を挙げる
十	一九三五	三十三	大源山に籠もり、三週間断食、不動尊法六三座を成就
十二	一九三七	三十五	三十三観音一体の寄付あり　次々申し出あり　一ヶ月に一体が出来上がるたびに一週間の断食開眼供養、最後は等身大の白衣観音を建立 **日支事変出征**兵士の武運長久と戦没者慰霊を継続して行う
十六	一九四一	三十九	十二月八日真珠湾攻撃　太平洋戦争となる
十七	一九四二	四十	国家総動員法により神社・寺院は毎夜祈願祭を行う
十八	一九四三	四十一	念波の威力でルーズベルト大統領必殺祈願を天下に声明　決死的行法
十九	一九四四	四十二	太平洋戦争により若い命が失われ心が痛む 釜石、艦砲射撃を受ける

二十	一九四五	四十三	敗戦　玉音放送を聞いて一週間泣き伏した 戦没者慰霊・日本の再建・世界平和の三題を祈願するために**大観音建立を立願** 三十三回の行法を始める 観音法十一面供一千座厳修の大願 毎月一週間の断食決行 大観音用の巨木探し開始
二十一	一九四六	四十四	復員兵士生きて帰ったとお礼参り多し
二十二	一九四七	四十五	巨木探し朗報なし
二十五	一九五〇	四十八	三十三回行法結願の月、赤松の巨木の吉報入る 赤松を入手　さらに三十三回行法立願
二十六	一九五一	四十九	秋、**赤松の巨木伐採**　昼夜兼行 二日目夜半に倒れる
二十七	一九五二	五十	**旧正月前後で巨木の運搬作業を実施**

昭和	西暦	年齢	出来事
二十九	一九五四	五十二	**高村光太郎に彫刻を依頼するも断られる** 仏の心を知る者が彫るのが一番だと諭される **十一面観音菩薩像を選定　七月十五日初斧** 一切の公務を辞退 尊体を運び上げる通路五百メートルを新しく工事 観音様の敷地を一年以上掛けて整地
三十	一九五五	五十三	三回目の立願行法開始 鞘堂台座用骨材運搬
三十一	一九五六	五十四	鞘堂台座工事 コンクリート用の水は大釜で雪を溶かす 娘さんを亡くした檀家から一字一石の観音経を納めていただく 尊体を山の上に運び上げるための通路を造成
三十三	一九五八	五十六	山善さんの弟子藤原文雄　彫刻の奉仕に参加 尊体を山上へ運搬準備　二百反の白布を巻く

三十四	一九五九	五十七	**尊体　寒中に運び上げ　勤労奉仕三千人** 遠野警察署人員整理　放送局では実況放送 仮屋根・菰(こも)囲い
三十五	一九六〇	五十八	毎日雪中を登り仕上げ彫り 秘法に明け暮れ　極寒には膝が雪に埋まる
三十六	一九六一	五十九	**春、雪解け水による泥流が観音様の台座を埋める** 観音堂建設奉賛会結成　会長　沼里末吉 東京に鹿島守之助等重要人物訪問 ブロック製作　約五千個　秋、山上へ 五丈六尺の観音様の鞘堂建設会社見当たらず 骨材、山上への運搬に苦労　ジープ使用
三十七	一九六二	六十	春、雪解け泥流により台座が再び埋まる 雪解けを待ち台座の泥を二ヶ月かけて取り除く 観音堂の建設開始 鞘堂完成

四十	一九六五	六十三	観音堂完成
			大観音落慶大法要　人出三万五千人
四十一	一九六六	六十四	本堂屋根大改修　観音堂と本堂に勾欄造設
四十三	一九六八	六十六	表参道大改修工事
			観音堂の前に池・築庭　太鼓橋建造
四十四	一九六九	六十七	お礼参り四国遍路
四十五	一九七〇	六十八	当山鎮守愛宕堂建立　西国三十三番巡礼
四十六	一九七一	六十九	護摩堂より大観音堂までの通路五百メートル、鉄骨で屋根を建設
四十七	一九七二	七十	大梵鐘購入　鐘楼堂建立
四十八	一九七三	七十一	山門建立（楼門二層造・竜宮門）
四十九	一九七四	七十二	世直し祈願の仁王像二体彫刻　仁王門建立
五十二	一九七七	七十五	多宝塔着工

五十七	一九八二	八十	**多宝塔落慶大法要** 大観音建立一七年祈念大祭 並びに当山開創七〇周年記念
平成二	一九九〇	八十八	**五重塔建立**
四	一九九二	九十	**摺石宥然住職示寂**

※参考資料
「福泉寺七十年の歩み〝宥心〟」（摺石宥然）
「大観音の生まれるまで」（摺石宥然）

摺石宥然（すりいし　ゆうねん）略歴

明治35年4月2日、岩手県下閉伊郡小国村（現川井村）に生まれる。

大正7年3月21日、福泉寺開山佐々木宥尊師に入門。

昭和7年4月11日、福泉寺第二世住職となる（第一世住職宥尊師、この年1月23日没す）。

昭和20年8月15日、大観音建立発願。世界平和・日本再建祈願。世界の戦没者・戦災による死者を弔うために。

昭和40年10月17日、福徳十一面観自在菩薩落慶。

平成4年、示寂。

＊昭和14年、松崎村警防団長・終戦後松崎村初代農地委員長。上閉伊一の成績で県知事表彰。

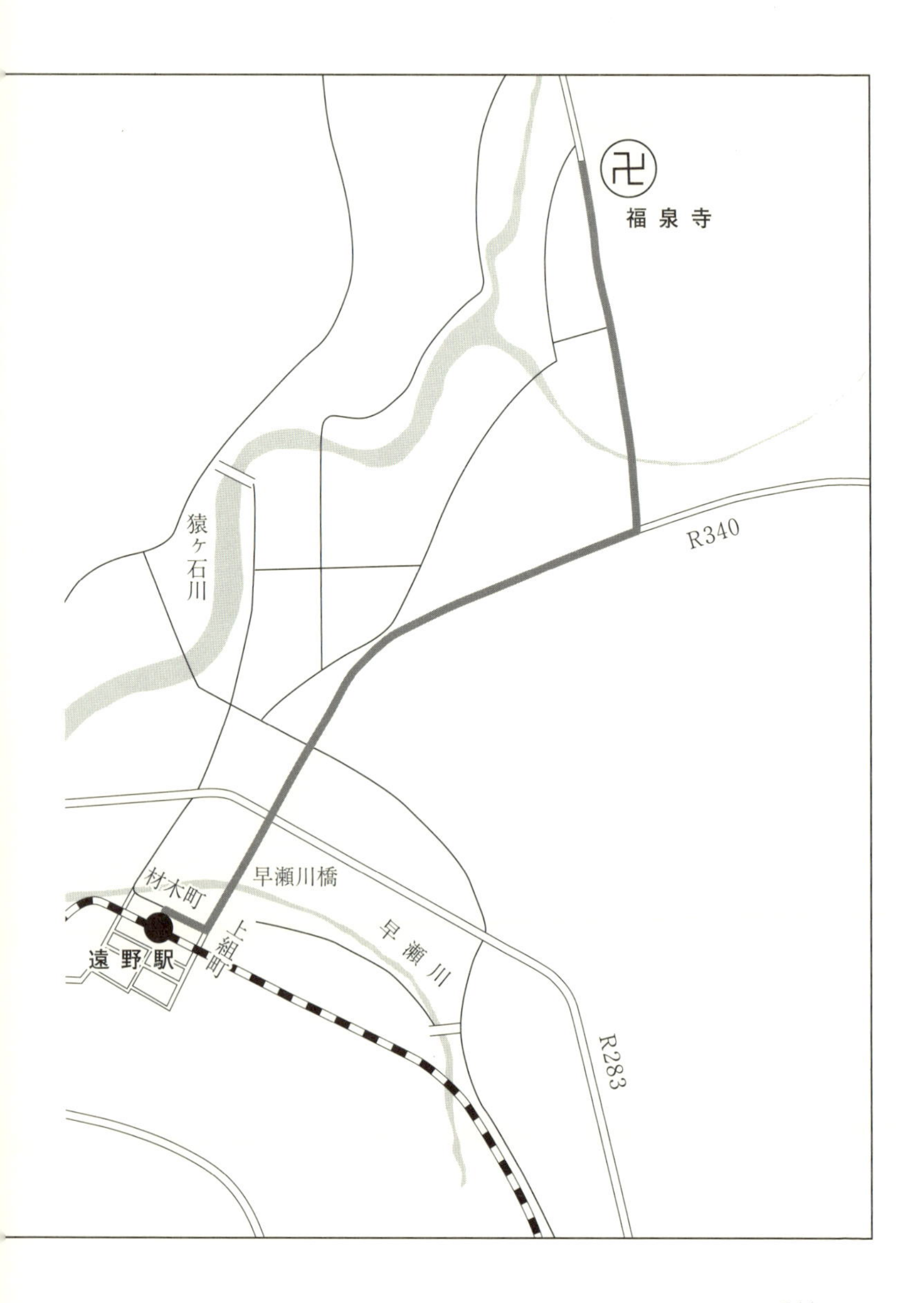
福泉寺
R340
猿ヶ石川
早瀬川橋
材木町
上組町
遠野駅
早瀬川
R283

付録　地図　巨木運搬経路

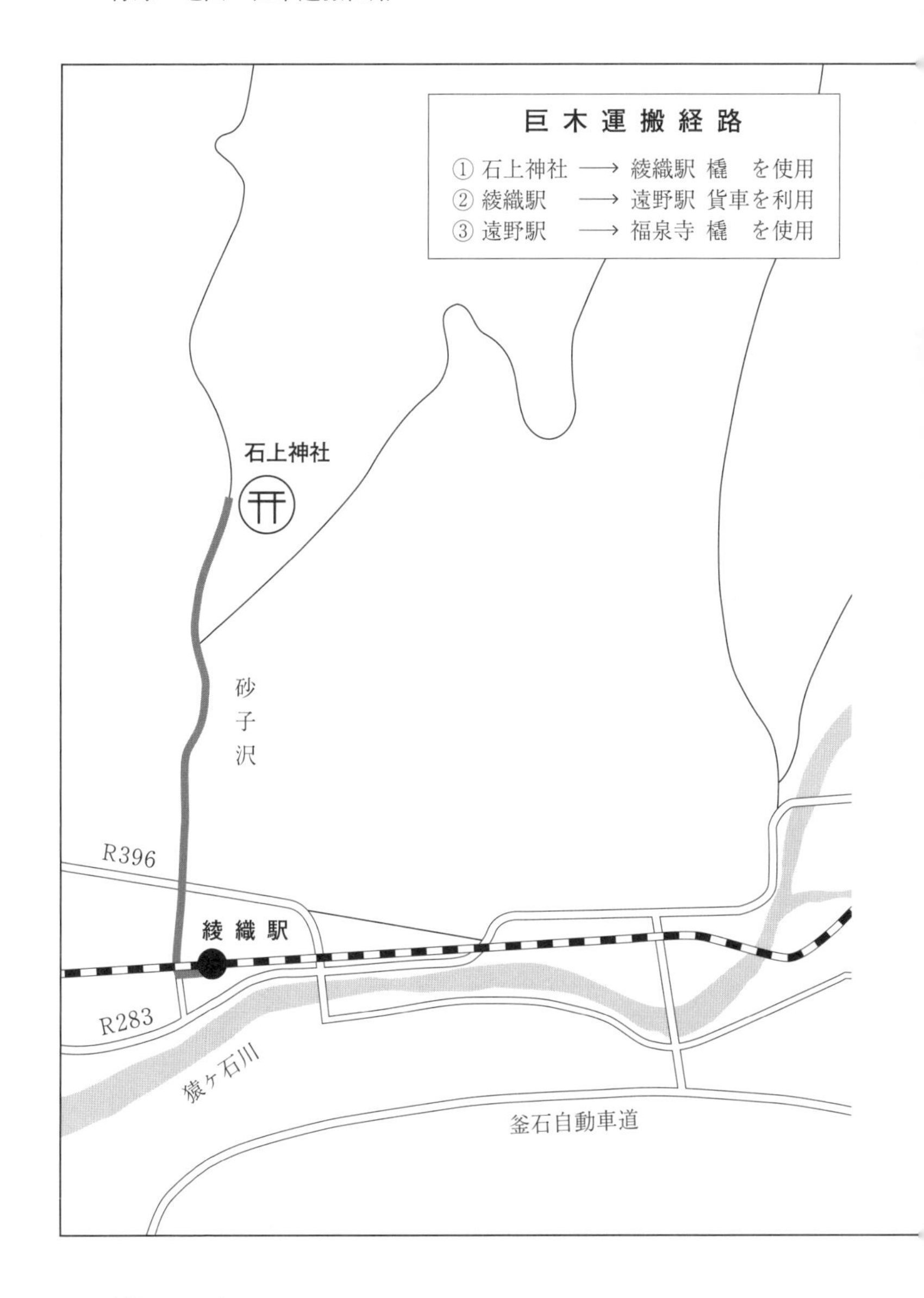
巨木運搬経路
① 石上神社 ⟶ 綾織駅 橇 を使用
② 綾織駅 ⟶ 遠野駅 貨車を利用
③ 遠野駅 ⟶ 福泉寺 橇 を使用
石上神社
砂子沢
R396
綾織駅
R283
猿ヶ石川
釜石自動車道

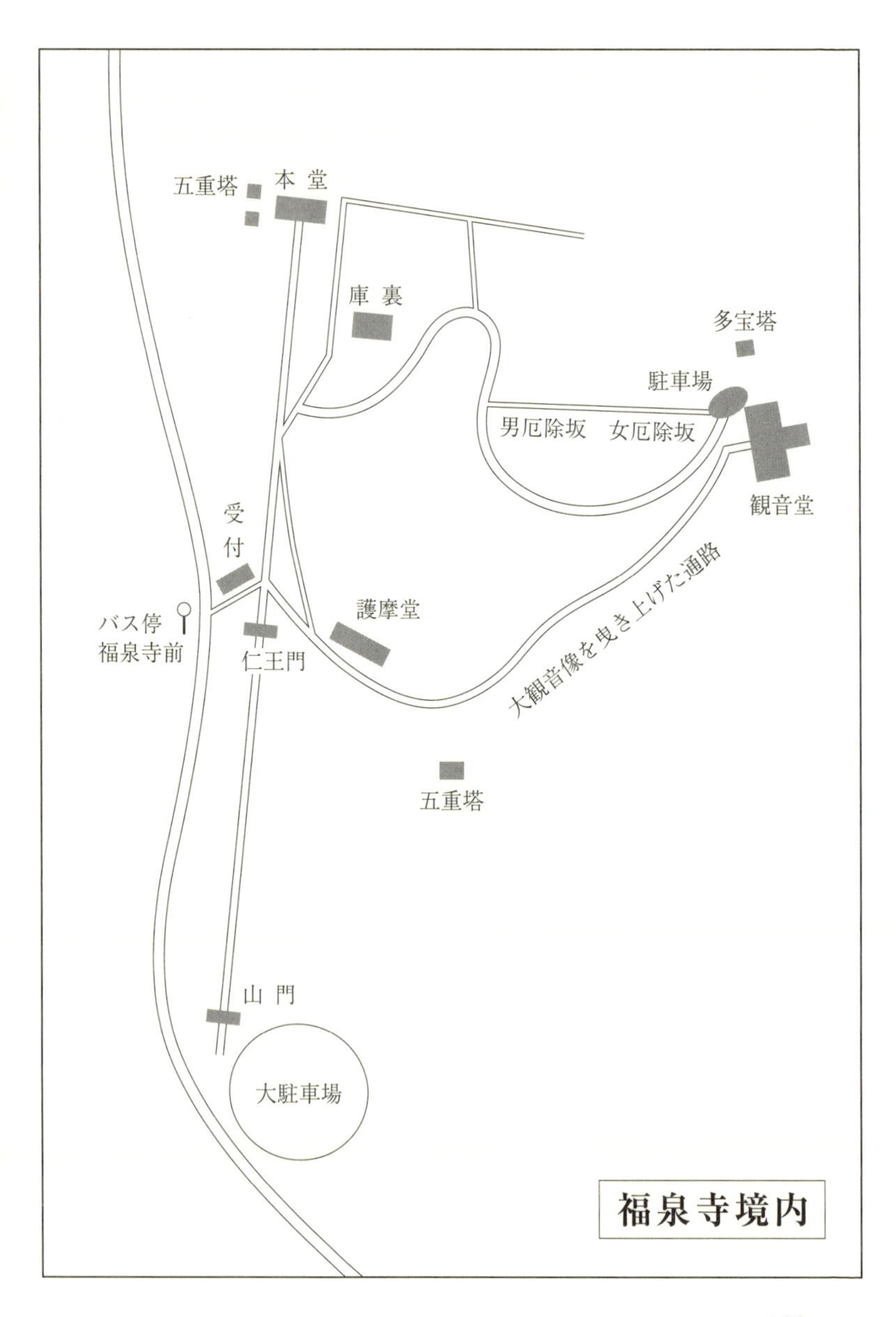
五重塔
本 堂
庫 裏
多宝塔
駐車場
男厄除坂
女厄除坂
観音堂
受付
バス停
福泉寺前
仁王門
護摩堂
大観音像を見き上げた通路
五重塔
山 門
大駐車場
福泉寺境内

著者プロフィール

櫻井 一郎（さくらい いちろう）

昭和10年生まれ。
東北大学教育教養部卒業。
仙台市立中学校歴任。
退職後、伊達政宗子孫伊達篤郎に師事し歴史を学ぶ。
観光ガイドボランティアとして活動。
・仙台博物館元解説ボランティア
・仙台を知ろう会元代表
・観光ボランティアグループ「回廊」元副代表
仙台市市民センター等にて講師を務めること多数。

遠野大観音物語 住職が自ら彫り上げた信念の日々

2024年11月15日　初版第１刷発行

著　者　櫻井 一郎
発行者　瓜谷 綱延
発行所　株式会社文芸社
〒160-0022　東京都新宿区新宿1－10－1
電話　03-5369-3060（代表）
03-5369-2299（販売）

印刷所　株式会社フクイン

ISBN978-4-286-25795-2